放《ほう》課《か》後《ご》チェンジ

最高《さいこう》のコンビ？　嵐《あらし》の体育祭《たいいくさい》！

藤並《となみ》みなと・作
こよせ・絵

角川つばさ文庫

放《ほう》課《か》後《ご》チェンジ

最高《さいこう》のコンビ？ 嵐《あらし》の体育祭《たいいくさい》！ 目次《もくじ》

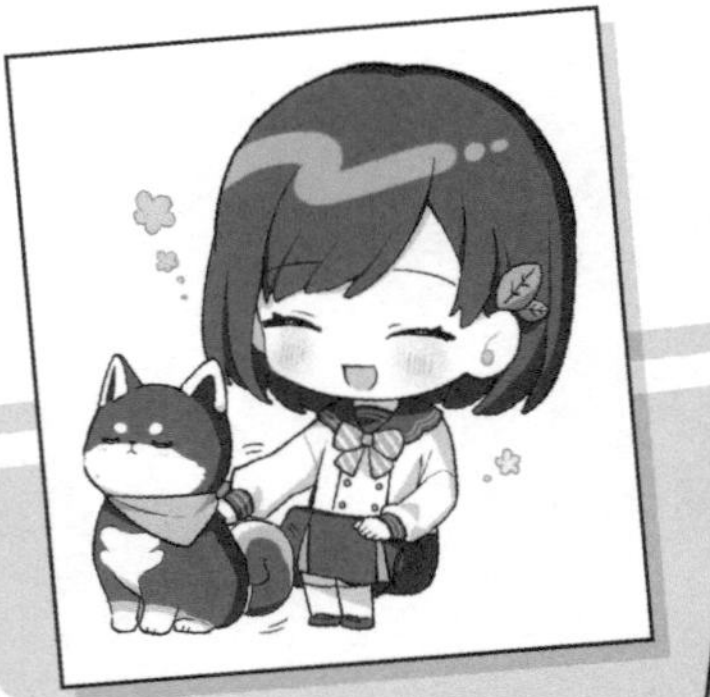

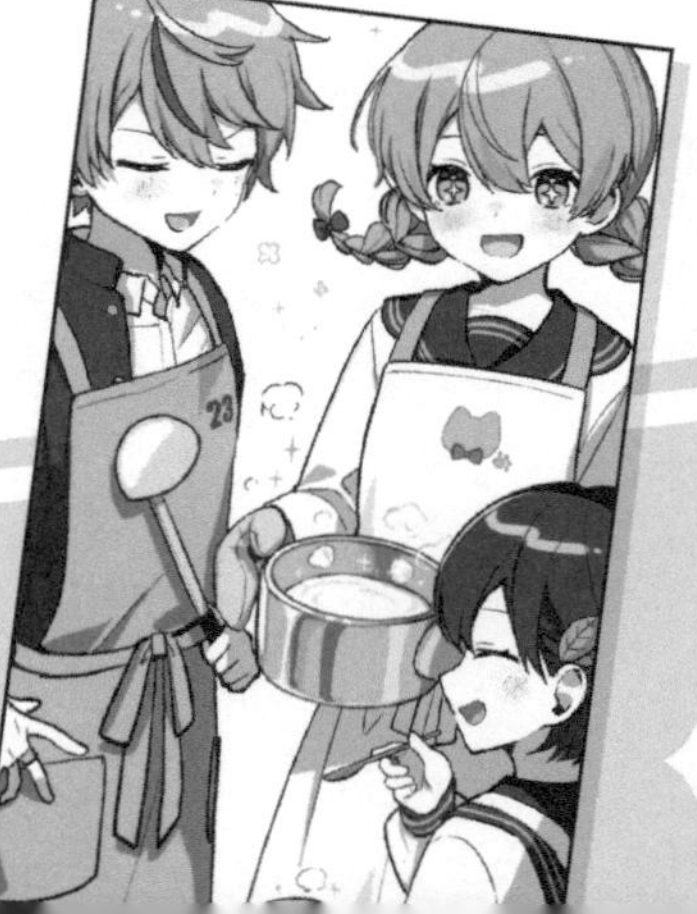

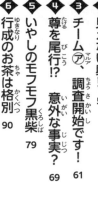

放《ほう》課《か》後《ご》チェンジ

人《じん》物《ぶつ》紹《しょう》介《かい》

神《かん》崎《ざき》　尊《たける》

中《ちゅう》1。スポーツ万能《ばんのう》。
ただし、口《くち》が少《すこ》し悪《わる》い!?

斉《さい》賀《が》まなみ

中《ちゅう》1。元《げん》気《き》で、おもしろい。
でも、単純《たんじゅん》!?

ナゾのフクロウ
「伝説《でんせつ》の指輪《ゆびわ》」について教《おし》えてくれる！
タカの能力《のうりょく》が使《つか》える!?
ハムスターの能力《のうりょく》が使《つか》える!?
水沢若葉《みずさわわかば》
中《ちゅう》1。勉強《べんきょう》もスポーツもできる優等生《ゆうとうせい》。ゲームの天才《てんさい》！
今鷹行成《いまたかゆきなり》
中《ちゅう》1。クールな秀才《しゅうさい》。なんと、親《おや》は茶道《さどう》の家元《いえもと》！

プロローグ ――尊《たける》――

オレ、神崎尊《かんざきたける》。中《ちゅう》一。

好《す》きなのはスポーツ全般《ぜんぱん》（特《とく》にバスケ）、祭《まつ》り、ボスバーガーとか。

きらいなのはピーマン、アンキ系《けい》の勉強《べんきょう》、すぐ破《やぶ》れるゴミ袋《ぶくろ》！

オレには幼稚園《ようちえん》からいっしょの同《おな》い年《どし》の幼《おさな》なじみが三人《にん》いて、そいつらと「チーム㋐《マルア》」っていうチームを組《く》んでる。

まずは、斉賀《さいが》まなみ。左右《さゆう》の三《み》つ編《あ》みがトレードマーク。

ランドセルを忘《わす》れて小学校《しょうがっこう》に登校《とうこう》したり、授業中《じゅぎょうちゅう》にしょっちゅういねむりして怒《おこ》られたり、食《た》べ放題《ほうだい》では毎回《まいかい》ゼッタイ食《た》べすぎて、後《あと》からおなかが苦《くる》しいと言《い》っていたり。

とにかくドジでグータラで食《く》いしんぼう。

そして、チョロくて単純《たんじゅん》でアイドル好《ず》きのミーハー女子《じょし》。

……だけど、正義感《せいぎかん》が強《つよ》くて、おかしいと思《おも》ったことには相手《あいて》がだれであろうと声《こえ》をあげるし、こまってる人《ひと》がいたら手《て》を差《さ》しのべて見《み》すてない。

あと、まなみはいざという時《とき》のドキョウと根性《こんじょう》がすごいんだよな……。

次《つぎ》が、水沢若葉《みずさわわかば》。黒髪《くろかみ》のショートボブ。

小《ちい》さいころからしっかり者《もの》で、感覚《かんかく》がするどい。霊感《れいかん》もあるみたいだ。

色《いろ》んなことに気《き》がついて、よくまなみの世話《せわ》をやいてる。オレたち幼《おさな》なじみ以外《いがい》にはあんまり自分《じぶん》の気持《きも》ちを話《はな》さないけど、それは若葉《わかば》が人《ひと》の気持《きも》ちを考《かんが》えすぎるからだと思《おも》う。

思《おも》いやりがあるのは若葉《わかば》のいいとこだけど、そんなにエンリョしてたらつかれそうだよなー。

ゲームをする時《とき》の集中力《しゅうちゅうりょく》はハンパなくて、どんなジャンルもプロ級《きゅう》に上手《うま》い。

リズムゲームはフルコン連発《れんぱつ》だし、オレがいっしょに格闘《かくとう》ゲームすると瞬殺《しゅんさつ》でボコられ、オセロをやると石《いし》を全部《ぜんぶ》とられる。ゲーム中《ちゅう》の若葉《わかば》は、無慈悲《むじひ》なオニだ。

最後《さいご》に、今鷹行成《いまたかゆきなり》。くせのないサラッとした髪《かみ》で、背《せ》が高《たか》い。

（いいよなー）

全国《ぜんこく》テストで一位《い》をとるくらい、めっちゃ頭《あたま》が良《よ》くて、視野《しや》が広《ひろ》い。親《おや》は茶道《さどう》の家元《いえもと》。

あんまり感情《かんじょう》を顔《かお》に出《だ》さずに淡々《たんたん》と話《はな》すからクールっぽいけど、実《じつ》は冗談《じょうだん》が好《す》きで、すげー負《ま》けずぎらい。

何《なん》でもそつなくこなすように見《み》えるのは、行成《ゆきなり》がカゲでできるようになるまでくり返《かえ》し、しつこいくらい努力《どりょく》してるからだ。

親《おや》がすすめた私立《しりつ》のエリート校《こう》に行《い》かずにオレたちと同《おな》じ地元《じもと》の中学《ちゅうがく》に進学《しんがく》したのは、小《しょう》二の時《とき》にオレとしたある約束《やくそく》のせいなのかもしれない。

行成《ゆきなり》はオレでもつかみきれないところがあって、ときどき不意打《ふいう》ちでとんでもねーことをするのだけはカンベンしてほしい。


まなみ、若葉《わかば》、行成《ゆきなり》、そしてオレ。

おそろいのフシギな指輪《ゆびわ》をはめたことで、動物《どうぶつ》に変身《へんしん》する力《ちから》を手《て》に入《い》れたオレたち四人《にん》だったが、体育祭《たいいくさい》で大事件《だいじけん》が巻《ま》きおこる！

予測不能《よそくふのう》の強敵《きょうてき》にいどむことになったチーム㋐《マルア》は、次々《つぎつぎ》と大変《たいへん》なことになっちまうんだ——。

1章《しょう》 調理実習《ちょうりじっしゅう》は大《おお》さわぎ

1 追跡《ついせき》！ 動《うご》くなわとび事件《じけん》

「逃《に》げられた！ まなみ、そっちだ！」

「わかった！」

わたし、斉賀《さいが》まなみ。中一《ちゅう》。

わけあって幼《おさな》なじみ三人《にん》と、チーム㋐《マルア》っていうヒミツのチームを組《く》んでいる。

そして、チーム㋐《マルア》はただいま風ノ宮中学校《かぜのみやちゅうがっこう》の校庭《こうてい》のすみで、追《お》いかけっこのまっさい中《ちゅう》！

「待《ま》ちなさーい！」

わたしたちが追《お》いかけてるのは――しゅるしゅると地面《じめん》をすばやく動《うご》く、『なわとび』だ！

どうしてなわとびが勝手《かって》に動《うご》いてるかって？

ごめん、今《いま》はとりこみ中《ちゅう》だから、あとからまとめて説明《せつめい》するね！

なわとびは、校舎《こうしゃ》の横《よこ》の道《みち》に入《はい》っていく。

人《ひと》がひとり通《とお》れるくらいのせまい場所《ばしょ》。

ここを追《お》いかけても、スピードを出《だ》して走《はし》れなそう。

このままじゃ逃《に》がしちゃう！

瞬間《しゅんかん》、体《からだ》がカッと熱《あつ》くなって、右手《みぎて》の中指《なかゆび》の指輪《ゆびわ》がピンクに輝《かがや》いた。

ボン！

わたしの体《からだ》は、サーモンピンクの子猫《こねこ》に変身《へんしん》。

幼《おさな》なじみたちも、それぞれ動物《どうぶつ》にチェンジしたみたい。

これなら走《はし》って追《お》える！

わたしは小道《こみち》にとびこんで、前《まえ》を行《い》くなわとびとグングン距離《きょり》をつめていく。

なわとびの手《て》で持《も》つ部分《ぶぶん》、「持《も》ち手《て》」がカラカラとはずみながら逃《に》げていくのを見《み》てると、なんだかムズムズしてきて、無性《むしょう》に飛《と》びつきたくなってきた。

カラカラ……ああ、ガマンできない！

えーい、と思《おも》いっきりジャンプ！

つかまえた！　と思《おも》ったけど、おしいところでスルリと逃《に》げられた。

「まなみ、あせらないで！」

ハムスターに変身《へんしん》した若葉《わかば》ちゃんに、後《うし》ろからたしなめられる。

「ごめん、なんかナゾの衝動《しょうどう》が……猫《ねこ》の習性《しゅうせい》かな」

なわとびはカランと持《も》ち手《て》をかべにぶつけながら、校舎《こうしゃ》の角《かど》をまがっていく。

少《すこ》しおくれて、猫《ねこ》のわたしとハムスターの若葉《わかば》ちゃんも角《かど》をまがって、せまい小道《こみち》をぬけだした。

「どこ行《い》った……⁉」

目《め》の前《まえ》に広《ひろ》がるのは、ひとけのない中庭《なかにわ》。

なわとびは、どこにも見《み》えない。

「まなみ、若葉《わかば》！」

中庭《なかにわ》につづく反対《はんたい》の通路《つうろ》から、黒《くろ》い柴犬《しばいぬ》になった尊《たける》がとびだしてくる。

尊《たける》はあえて他《ほか》のルートを行《い》ってたんだね。

「なわとびは⁉」

「植《う》えこみの中《なか》にもぐりこんだのが見《み》えた。このあたりにはいるはずだ」

バサバサッと空《そら》から舞《ま》いおりてきたのは、タカになった行成《ゆきなり》だ。

行成《ゆきなり》は校舎《こうしゃ》の上《うえ》から追《お》っていたみたい。

わたしたちは注意深《ちゅういぶか》く、校舎《こうしゃ》のかべに沿《そ》って長《なが》く植《う》えられた茂《しげ》みを横《よこ》からのぞきこむ。

でも、うまく草《くさ》の間《あいだ》にかくれてるのか、なわとびはなかなか見《み》つからない。

「植《う》えこみの中《なか》に入《はい》ってさがす？」

猫《ねこ》のわたしがたずねると、ハムスターの若葉《わかば》ちゃんはふるふると小《ちい》さな頭《あたま》をふった。

「まわりが見《み》えにくくて動《うご》きにくい場所《ばしょ》で、もし襲《おそ》いかかられたら危《あぶ》ないよ」

「たしかに」

なわとびが飛《と》びだしてきたらすぐつかまえられるように、みんなでじりじりしながら植《う》えこみの茂《しげ》みを見《み》はっていたら——ボン！

変身《へんしん》が解《と》けて、わたしたちは元《もと》の姿《すがた》にもどった。

もう二十分《ぷん》くらいたったんだ。

「くやしいけど、そろそろ他《ほか》の生徒《せいと》も登校《とうこう》してくるし、今日《きょう》はここまでか」

「そうだね。あー、おしかった！」

尊《たける》の言葉《ことば》にうなずいて、校舎《こうしゃ》へ行《い》こうとしたわたしは、ふいにグイッと足《あし》を引《ひ》っぱられた。

「わわっ!?」

転《ころ》びそうになったのをなんとかこらえて下《した》を見《み》ると、なんとわたしの足首《あしくび》になわとびがグルグルとまきついてる！　ええっ、ウソでしょ！　このタイミングで出《で》てくる⁉

「チャンスだ、まなみ！」

尊《たける》の声《こえ》にハッとして、わたしはからみついてくるなわとびの持《も》ち手《て》をつかんだ。

「つかまえた！」

瞬間《しゅんかん》、ピンクの指輪《ゆびわ》がまたピカッと光《ひか》って、なわとびは力《ちから》を失《うしな》ってだらんと地面《じめん》に落《お》ちる。

そして、上空《じょうくう》に現《あらわ》れたのは、なわとびにとりついていた悪霊《あくりょう》。

ウロコにおおわれた、ニョロニョロと長《なが》い体《からだ》。

口《くち》からはしゅるしゅると赤《あか》い舌《した》を出《だ》し入《い》れするその動物《どうぶつ》は——ヘビ⁉

ギャー、わたし、ヘビはめっちゃ苦手《にがて》なのに！

ゾゾゾッと背《せ》すじに悪寒《おかん》がはしって、固《かた》まってしまうわたしに、シャアッと襲《おそ》いかかってくるヘビ！

「まなみ！」

もうダメ、と思《おも》ったけど、わたしの腕《うで》を行成《ゆきなり》がグイッと引《ひ》っぱってくれて、ヘビの一撃《いちげき》はなんとかかわす。

行成《ゆきなり》は座《すわ》りこんだわたしの足元《あしもと》に落《お》ちたなわとびをすばやく拾《ひろ》うと、右手《みぎて》でなわとびの真《ま》ん中《なか》あたりをつかんで、そこを支点《してん》に持《も》ち手《て》をひゅんひゅんと回《まわ》してから、勢《いきお》いよくヘビに投《な》げつけた。

左手《ひだりて》でにぎったもう片方《かたほう》の持《も》ち手《て》をグッと引《ひ》くと、なわとびのロープがからまってもがくヘビに向《む》かって、指輪《ゆびわ》のはまった右手《みぎて》をかざす。

「成仏《じょうぶつ》しろ」

行成《ゆきなり》の手《て》のひらから放《はな》たれた青《あお》い光《ひかり》が、ヘビの悪霊《あくりょう》をおおっていた黒《くろ》いもやをみるみるうちに

飲《の》みこんで、まばゆい白《しろ》い光《ひかり》に変《か》わっていく。

ヘビは白《しろ》い光《ひかり》に包《つつ》まれたまま空《そら》にのぼっていくと、すうっとその姿《すがた》を消《け》し、同時《どうじ》に白光《はっこう》は四つに分《わ》かれて、わたしたち四人《にん》の指輪《ゆびわ》に吸《す》いこまれた。

「まなみ、だいじょうぶ？」

「ナイス、行成《ゆきなり》！」

若葉《わかば》ちゃんと尊《たける》が集《あつ》まってくる。

「ありがとう、行成《ゆきなり》」

わたしが立《た》ちあがりながらお礼《れい》を言《い》うと、行成《ゆきなり》はかすかに笑《わら》ってうなずいた。

はあ〜、ハラハラした。あっ、やっと一息《ひといき》ついたから、説明《せつめい》するね！


この前《まえ》のゴールデンウィーク、わたしはおばあちゃんの家《いえ》の蔵《くら》で、ドキッとしたりゾーッとしたりすると動物《どうぶつ》に変身《へんしん》しちゃう指輪《ゆびわ》を見《み》つけた。

どうやら、動物《どうぶつ》の霊《れい》がとりついた『伝説《でんせつ》の指輪《ゆびわ》』らしくて、これをつけてると動物《どうぶつ》に変身《へんしん》する以外《いがい》にも、動物《どうぶつ》の言葉《ことば》が分《わ》かったり、人間《にんげん》の姿《すがた》でも動物《どうぶつ》の能力《のうりょく》が使《つか》えたりするんだ。

だけどこの指輪《ゆびわ》、どうしても外《はず》せない！

しかも幼《おさな》なじみの尊《たける》、若葉《わかば》ちゃん、行成《ゆきなり》もまきぞえにしちゃった。

指輪《ゆびわ》を外《はず》すためには、動物《どうぶつ》の悪霊《あくりょう》たちを、指輪《ゆびわ》の力《ちから》を使《つか》って昇天《しょうてん》させなきゃいけないんだって。

悪霊《あくりょう》は、古《ふる》い物《もの》や、想《おも》いのこもった物《もの》、強《つよ》い怒《いか》りや悲《かな》しみなどの負《ふ》の心《こころ》をもった人《ひと》にとりつくらしい。

動物《どうぶつ》に変身《へんしん》しちゃうなんて、他《ほか》の人《ひと》に知《し》られたら大変《たいへん》なことになっちゃう！

だから、わたしたち四人《にん》は、悪霊《あくりょう》が起《お》こしてると思《おも》われる怪事件《かいじけん》を調査《ちょうさ》して、解決《かいけつ》するためのヒミツのチームを結成《けっせい》したんだ。

それこそがチーム㋐《マルア》！（マルアって読《よ》むけど、アに丸《まる》でアニマルって意味《いみ》をこめてる）

そして今日《きょう》は、『生徒《せいと》の足《あし》にからみついて転《ころ》ばせようとする、動《うご》くなわとび』という怪事件《かいじけん》のウワサを聞《き》いて、わたしたちが通《かよ》う風ノ宮中学校《かぜのみやちゅうがっこう》に朝早《あさはや》～くから来《き》てね。見事《みごと》、なわとびを見《み》つけて、とりついていた悪霊《あくりょう》を昇天《しょうてん》させたというわけなんです！

やったー、拍手《はくしゅ》！　パチパチパチ……！


「それにしても、ちょうどいいタイミングで変身《へんしん》できてよかったね」

「さっきのような緊急《きんきゅう》の場合《ばあい》は、とっさに変身《へんしん》したいと願《ねが》えばできるようになってきた気《き》がするな。悪霊《あくりょう》を昇天《しょうてん》させて霊力《れいりょく》を吸《す》いこむほど、指輪《ゆびわ》の本来《ほんらい》の力《ちから》がもどるという話《はなし》だっただろう。もしかしたら、指輪《ゆびわ》の力《ちから》がもどるほど、好《す》きな時《とき》に変身《へんしん》できるようになったり、逆《ぎゃく》に望《のぞ》まない変身《へんしん》はしにくくなったりするのかもしれない……希望的《きぼうてき》な観測《かんそく》だけど」

行成《ゆきなり》の話《はなし》に、みんなの目《め》が輝《かがや》いた。

「それはめっちゃ助《たす》かる！　けど、やっぱ、早《はや》く外《はず》したいよなー」

ぐいぐいっと指輪《ゆびわ》を引《ひ》っぱって、まだとれないことを確認《かくにん》しながら、尊《たける》が言《い》う。

わたしの指輪《ゆびわ》も、今日《きょう》もビクともしなかった。

ほんと、早《はや》く解放《かいほう》されたいよ～。

2 熱《ねっ》血《けつ》先《せん》生《せい》とさわやかキャプテン

「そうだ。みんな、バンソーコーつけよう」

しっかり者《もの》の若葉《わかば》ちゃんが、ポケットから四つのバンソーコーを取《と》りだす。

学校《がっこう》にいる間《あいだ》は、バンソーコーで指輪《ゆびわ》をかくすことにしてるんだ。ずっとバンソーコーをつけてるとハダがふやけちゃうから、学校以外《がっこういがい》ではすぐ外《はず》すようにしてるけど。

「ありがとう」

受《う》けとってグルグルとまいているとちゅうで、ふああ、と大《おお》きなあくびが出《で》た。

悪霊探《あくりょうさが》しは人目《ひとめ》につかない時間帯《じかんたい》がいいってことで、今朝《けさ》はすごく早起《はやお》きしたし……。

それにくわえて、動物《どうぶつ》に変身《へんしん》するのって、すごく体力使《たいりょくつか》うんだよね。

だから、一度変身《いちどへんしん》した後《あと》は、少《すこ》し休《きゅう》けいをいれないと、ドキッとしても変身《へんしん》しないんだ。

さっきヘビの悪霊《あくりょう》を見《み》た時《とき》も、ふだんなら変身《へんしん》してたはず。

事件《じけん》が解決《かいけつ》できたのはいいけど、朝《あさ》からもう、つかれちゃったよ〜。

「でかいあくび！　また授業《じゅぎょう》でいねむりしてヨダレたらすなよ」

尊《たける》にからかわれて、わたしは力強《ちからづよ》く言《い》いかえす。

「いねむりはしても、ヨダレはたらさないよ!!」

「いねむりもしないで、まなみ」

すかさず若葉《わかば》ちゃんにツッコまれ、そうだな、と行成《ゆきなり》がうなずく。

「むしろヨダレはたらしても、いねむりはガマンすべき」

「そんないつもヨダレたらしてないから！　人《ひと》を変《へん》なキャラにしないで！」

四人《にん》でわいわいしゃべりながら教室《きょうしつ》へ向《む》かっていたら、体育館《たいいくかん》のほうから、背《せ》の高《たか》い男子生徒《だんしせいと》とマッチョな先生《せんせい》がやってきた。

「神崎《かんざき》いいいいいい！　元気《げんき》だったか？」

マッチョな先生《せんせい》は、尊《たける》に気《き》づくと、大声《おおごえ》をだして走《はし》ってくる。

確《たし》か、バスケ部顧問《ぶこもん》の地井川先生《ちいかわせんせい》。

「は、はい」

「元気《げんき》ならバスケ部《ぶ》にもどってこい！　今《いま》も朝倉《あさくら》とおまえの話《はなし》をしてたんだ。もうすぐ夏季大会《かきたいかい》だ！　レギュラーは約束《やくそく》する！」

尊《たける》のかたに手《て》を置《お》いて、熱《ねっ》っぽく語《かた》る、地井川先生《ちいかわせんせい》。

名前《なまえ》はちいかわなのに、声《こえ》も体《からだ》もでかくて圧《あつ》がある。

「すみません。オレ、まだもどれません」

「なぜだ⁉　おれにはわかる！　おまえはバスケを愛《あい》している！　それなのに、なぜ休部《きゅうぶ》なんてするんだあー⁉」

「あ、愛《あい》……」

大《おお》げさな物言《ものい》いに、少《すこ》し赤《あか》くなる尊《たける》。

わたしも聞《き》いててはずかしくなってくる。

「もどってこい、神崎《かんざき》！」

「気持《きも》ちはありがたいけど、ムリです」

「そんなこと言《い》うな！　もどってくると言《い》うまでおれはあきらめないぞ、**カムバック、カムバーック、神崎《かんざき》いいいいいいい！**」

「先生《せんせい》、ムリ強《じ》いはダメですよ。神崎《かんざき》にもきっと事情《じじょう》があるんですから」

ヒートアップする地井川先生《ちいかわせんせい》にそう声《こえ》をかけたのは、背《せ》の高《たか》いさわやかな雰囲気《ふんいき》の男子生徒《だんしせいと》だった。

「だが、朝倉《あさくら》……」

「神崎《かんざき》なしでも、勝《か》てるチームを作《つく》りましょう。——でも、もどってくるなら、いつでも大《だい》かんげいだからな」

尊《たける》の方《ほう》を見《み》て、笑顔《えがお》でそう付《つ》けくわえる朝倉《あさくら》さんに、尊《たける》もパッと顔《かお》を明《あか》るくして「はい！」と答《こた》える。

「夏季大会《かきたいかい》、がんばってください！」

朝倉《あさくら》さんは、「ありがとう」と手《て》をあげると、先生《せんせい》をうながして去《さ》っていった。

「——熱《あつ》いね、地井川先生《ちいかわせんせい》」

深々《ふかぶか》とため息《いき》をつく若葉《わかば》ちゃんに、「マジで」とうんざりしたようにうなずく尊《たける》。

「会《あ》うたびに、しつこくもどるように言《い》われる……気持《きも》ちはうれしいけどなー」

指輪《ゆびわ》をはめている時《とき》に全力《ぜんりょく》を出《だ》そうとすると、動物《どうぶつ》の運動能力《うんどうのうりょく》が使《つか》われる。

尊《たける》はバスケ部《ぶ》で、自分《じぶん》の本来《ほんらい》の力《ちから》じゃない力《ちから》で勝《か》ってしまうのはフェアじゃない、と考《かんが》えて、バスケ部《ぶ》を休部中《きゅうぶちゅう》なんだ。

「あの背《せ》の高《たか》い人《ひと》は、キャプテン？」

「そう。朝倉《あさくら》センパイ。すげー練習熱心《れんしゅうねっしん》で、仲間想《なかまおも》い。あの人《ひと》がいたら、きっと今度《こんど》の大会《たいかい》も勝《か》ちぬけるはずだ」

おお、アマノジャクの尊《たける》がこんな素直《すなお》に人《ひと》をほめるなんてめずらしい。

朝倉先輩《あさくらせんぱい》のことを話《はな》しだすと、心《こころ》なしか目《め》がキラキラしてるし……尊敬《そんけい》してるんだね。

「見《み》るからにさわやかでカッコいいよね。ちょっと漣《れん》くんに似《に》てるし♡」

わたしが少《すこ》しはしゃいで言《い》うと、とたんに尊《たける》は、「は？」と、まゆをひそめた。

「アイドルなんかに似《に》てねーし、朝倉《あさくら》センパイがまなみのことなんて相手《あいて》にするわけねーだろ。バッカじゃねーの、この脳《のう》みそお花畑《はなばたけ》のミーハー女子《じょし》」

「はあああああ!?　アイドル〈なんか〉って何《なに》!?　アイドルはこの世《よ》に幸福《こうふく》をもたらす素晴《すば》らしく尊《とうと》い存在《そんざい》だし、漣《れん》くんはルックスがいいのはもちろんだけど歌《うた》もダンスも演技《えんぎ》も上手《じょうず》で誠実《せいじつ》で努力家《どりょくか》で気《き》づかい上手《じょうず》で知《し》れば知《し》るほどカッコいい最高《さいこう》のマックスレベルを更新《こうしん》しつづける最《さい》強《きょう》で無敵《むてき》の大《だい》スターなんだから！」

「うわ、オタクの早口《はやくち》、キモ」

「無礼《ぶれい》のカタマリか⁉　口悪《くちわる》サイテー男《おとこ》に言《い》われるスジ合《あ》いないよ！」

「まなみが身《み》のほど知《し》らずのハジ知《し》らずだから」

「尊《たける》こそレイギ知《し》らずで天井《てんじょう》知《し》らずに性格悪《せいかくわる》すぎて信《しん》じられない」

「二人《ふたり》とも、そろそろ行《い》かないと朝《あさ》のホームルーム始《はじ》まるよ……」

「先行《さきい》くぞ」

若葉《わかば》ちゃんになだめられ、行成《ゆきなり》はさっさと歩《ある》きだす。

尊《たける》もべー、と舌《した》を出《だ》してから、行成《ゆきなり》のあとを追《お》った。

「マジでなんなの、尊《たける》！　ちょっと先輩《せんぱい》のことをカッコいいって言《い》っただけだよ？　べつに付《つ》きあいたいとかそんなつもりじゃないのに、あんな言《い》い方《かた》……ほんとムカつく！」

「うん、今《いま》のは尊《たける》が悪《わる》いね。思春期《ししゅんき》とはいえ、やっかいだ」

苦笑《にがわら》いする若葉《わかば》ちゃん。

「思春期《ししゅんき》？　あ、反抗期《はんこうき》ってこと？」

「まあ、そんな感《かん》じ」

「こういう時《とき》、となりのクラスで良《よ》かったと思《おも》うよ。あいつの顔《かお》が見《み》えるだけで絶対《ぜったい》むしゃくしゃしちゃうもん」

教室《きょうしつ》に入《はい》って、若葉《わかば》ちゃんにそう言《い》うと、「あー」とビミョウな反応《はんのう》がかえってきた。

「でもまなみ、今日《きょう》の四時間目《じかんめ》の家庭科《かていか》……」

若葉《わかば》ちゃんの言葉《ことば》に、そういえば！　とショックを受《う》ける。

二《ふた》クラス合同《ごうどう》の、調理実習《ちょうりじっしゅう》だ──。

❸ 若葉《わかば》ちゃんの意外《いがい》な一面《いちめん》

調理実習室《ちょうりじっしゅうしつ》に行《い》くと、あらかじめ希望《きぼう》を出《だ》していたペアごとに、席《せき》がふり分《わ》けられていた。

わたしは若葉《わかば》ちゃんとペアで、真《ま》ん中《なか》の一番後《いちばんうし》ろの作業台《さぎょうだい》……だったんだけど、となりがよりによって。

「ゲ……」

「朝方《あさがた》ぶり」

わたしたちを見《み》てバツが悪《わる》そうに顔《かお》をしかめる尊《たける》と、無表情《むひょうじょう》で手《て》をあげる行成《ゆきなり》のペア!?

こんなときに、間《ま》が悪《わる》いよ～。

「今日《きょう》はお伝《つた》えしていたように、二人一組《ふたりひとくみ》でピーマンの肉《にく》づめと、野菜《やさい》スープを作《つく》ってください。アレンジも自由《じゆう》です。それでは、スタート！」

先生《せんせい》が合図《あいず》を出《だ》した直後《ちょくご》、ぐう、と小《ちい》さくおなかが鳴《な》る音《おと》がした。

一瞬《いっしゅん》わたし？　と思《おも》ったけど、すぐとなりで若葉《わかば》ちゃんがほおを染《そ》めて、おなかを押《お》さえる。

「ごめん。なんか、最近大食《さいきんおおぐ》いになった気《き》がする……ハムスター体質《たいしつ》？」

「あっ、わかる。わたしも、急《きゅう》に猫舌《ねこじた》になったかもって思《おも》ってたよ。これも指輪《ゆびわ》の影響《えいきょう》か」

声《こえ》をひそめて話《はな》しながら、ポンと両手《りょうて》をたたいた。

「あと最近《さいきん》、やたら眠《ねむ》くてさ～。やっぱこれも猫体質《ねこたいしつ》？」

「まなみのグータラは元《もと》からだろ」

すかさず尊《たける》にからかうように言《い》われて、わたしはムッとにらみつけてから、プイッと顔《かお》をそらした。もう、口《くち》もききたくない！

「俺《おれ》が辛党《からとう》なのも指輪《ゆびわ》の影響《えいきょう》か」

淡々《たんたん》と、行成《ゆきなり》が言《い》う。たしかに行成《ゆきなり》はかなりの辛党《からとう》だけど……？

「それも元《もと》から……待《ま》て、タカって辛党《からとう》なのか？」

「トウガラシがあるだろ」

「あっ、『タカの爪《つめ》』！ って名前《なまえ》だけじゃん」

二人《ふたり》の会話《かいわ》にふふっと笑《わら》いそうになって、あわてて顔《かお》を引《ひ》きしめた。

ダメダメ、まだわたしは怒《おこ》ってるんだから！

「若葉《わかば》ちゃん、今日《きょう》は尊《たける》たちより、う～んとおいしい料理《りょうり》を作《つく》ろうね！」

「う、うん……ちなみに、まなみの得意料理《とくいりょうり》は？」

「え。えーと……猫《ねこ》まんま？」

わたしの答《こた》えに、ガックリと首《くび》をたらす若葉《わかば》ちゃん。

「でも、食《た》べるの大好《だいす》きだし、『好《す》きこそものの上手《じょうず》なれ』っていうでしょ⁉　きっと料理《りょうり》の才《さい》能《のう》あると思《おも》うんだ！　今日《きょう》もとっておきのレシピを考《かんが》えてきたよ！」

「ほうほう、どんな？」

「ピーマンってちょっと苦《にが》みがあるでしょ？　それをごまかすために、さとうやハチミツを多《おお》めに入《い》れて、スイーツ風《ふう》の肉《にく》づめにするの！　フルーツを入《い》れるのもオシャレかもと思《おも》って、パイナップルやみかんのカンヅメや、トッピング用《よう》に生《なま》クリームも買《か》ってきたよ」

「オッケー、まなみ。落《お》ちつこうか」

ウキウキと袋《ふくろ》から材料《ざいりょう》を出《だ》そうとするわたしに、若葉《わかば》ちゃんがストップをかける。

「まなみの新《あたら》しいことにチャレンジしようって気持《きも》ちは、ステキだと思《おも》う。でも、残念《ざんねん》ながら私《わたし》も料理《りょうり》は初心者《しょしんしゃ》なんだ。あまりにも大《だい》たんなレシピは、今回《こんかい》は封印《ふういん》しよう。とんでもないものを召喚《しょうかん》してしまう予感《よかん》しかない」

「そうか〜。わかった」

わたしがうなずくと、若葉《わかば》ちゃんはホッとしたようにため息《いき》をもらした。

「じゃあ、野菜《やさい》を切《き》っていこうか」

「おー!」

若葉《わかば》ちゃんはピーマンを洗《あら》ってまな板《いた》の上《うえ》に置《お》くと、包丁《ほうちょう》を持《も》って、ふうっと深呼吸《しんこきゅう》。

「斬《ざん》!」

ナゾのかけ声《ごえ》とともに、ピーマンをななめに真《ま》っ二《ぷた》つにした。

「「斬《ざん》!?」」

ビックリするわたしたちに、「刃物《はもの》を持《も》ったら、つい……」と、てれたように笑《わら》う若葉《わかば》ちゃん。

それから、ななめに切《き》れたピーマンを見《み》てまゆをひそめる。

「けさ斬《ぎ》りになっちゃった。真《ま》っ向斬《こうぎ》りしなきゃだよね。斬《ざん》!　斬《ざん》!　斬《ざん》!」

『けさ斬《ぎ》り』も『真《ま》っ向斬《こうぎ》り』も野菜《やさい》の切《き》り方《かた》じゃないよね!?

若葉《わかば》ちゃん、包丁《ほうちょう》を持《も》つと剣士《けんし》になっちゃう……!?

「ダメだ……どうしてもけさ斬《ぎ》りしかできない。**未熟者《みじゅくもの》でめんぼくない!**」

口調《くちょう》もビミョウに変《か》わったような……。

そして、意外《いがい》に手先《てさき》は不器用《ぶきよう》みたい。若葉《わかば》ちゃんにこんな一面《いちめん》が。

「ド、ドンマイ、若葉《わかば》ちゃん！　どんな形《かたち》でも肉《にく》がつめられればだいじょうぶだよ！」

「ありがとう。じゃあ、敵《てき》のハラワタをとりのぞくね」

「ピーマンのたねとワタね!?　たとえがコワイよ！」

ボケたおす若葉《わかば》ちゃんに、いつもと立場逆転《たちばぎゃくてん》でツッコんでから、わたしは玉《たま》ねぎのみじん切《ぎ》りにとりかかる。

「玉《たま》ねぎって切《き》るとなみだが出《で》ちゃうよね」

「ふっふっふ、そこで今日《きょう》は秘密兵器《ひみつへいき》を用意《ようい》してきたのです！　ぽわぽわぽわぽわ〜♪」

わたしは四次元《よじげん》ポケットからひみつ道具《どうぐ》を出《だ》すような調子《ちょうし》で、カバンからそれを取《と》りだす。

「♪テッテレー。水中《すいちゅう》メガネ〜！」

「アホだ！」

ぶっと尊《たける》がふきだす声《こえ》が聞《き》こえたけど、ムシだよ、ムシ！

わたしは自信満々《じしんまんまん》で、エプロン姿《すがた》に水中《すいちゅう》メガネをつける。

……心《こころ》なしか、まわりがざわついて、ちょっと人目《ひとめ》が気《き》にならないこともないけど、大事《だいじ》なのは実用性《じつようせい》。

完《かん》ぺきに目《め》をガードして、いざ！

ザク……ザク……ザク…………。

「……見《み》えにくい！　しかもやっぱり目《め》にしみるんだけど!?　目《め》をガードしてるのになんでー!?」

「鼻《はな》からもシゲキ成分《せいぶん》が入《はい》るんだろ」

冷静《れいせい》な行成《ゆきなり》の分析《ぶんせき》に、実用性《じつようせい》ゼロだった！　とショックを受《う》けながら水中《すいちゅう》メガネをはずして、なみだをぬぐう。

「ギャー！　手《て》を洗《あら》うのわすれてた！　痛《いた》い痛《いた》いよけい痛《いた》い！」

「アホすぎる……！」

（著者《ちょしゃ》から注《ちゅう》：これを読《よ》んでるよい子《こ》のみんなは、くれぐれも玉《たま》ねぎを切《き》ったばかりの手《て》で目《め》をさわらないようにしてください）

「うう、ひどい目《め》にあった……！　あっ、もしかして猫《ねこ》や犬《いぬ》に玉《たま》ねぎって毒《どく》だから、その影響《えいきょう》でこんなにしみるのかな⁉」

「時間《じかん》かけすぎなだけだろ。成分《せいぶん》がしみてくる前《まえ》に切《き》りおえればいいんだよ」

尊《たける》はあきれたようにそう言《い》ってから、トントントンとすばやく玉《たま》ねぎをきざみはじめた。

「えっ、神崎《かんざき》くん、うま！」

「料理《りょうり》もできるんだ⁉　マジ神《かみ》」

そのあざやかな手並《てな》みに、まわりからおどろきと称賛《しょうさん》の声《こえ》があがる。

尊《たける》は母子家庭《ぼしかてい》だから、ふだんからお姉《ねえ》さんと家事《かじ》をしていて、料理《りょうり》も慣《な》れてるんだよね。

くっ、このままじゃ、尊《たける》ペアと大《おお》きな差《さ》が……いや、たしか行成《ゆきなり》は全然料理《ぜんぜんりょうり》ダメなはず！

小六《しょう》の時《とき》の調理実習《ちょうりじっしゅう》は行成《ゆきなり》と同《おな》じグループだったけど、包丁使《ほうちょうづか》いがあぶなっかしくてケガしちゃいそうだった。

だから、「もう行成《ゆきなり》はお茶《ちゃ》だけ用意《ようい》して」ってたのんで、お茶係《ちゃがかり》をやってもらったんだ。

家《いえ》が茶道《さどう》の家元《いえもと》だから、お茶《ちゃ》はさすがにめちゃくちゃおいしかったけど――。

そう思《おも》いながら行成《ゆきなり》の方《ほう》を見《み》ると、くるくると器用《きよう》に包丁《ほうちょう》でジャガイモの皮《かわ》をむいてたから、ビックリした。

「行成《ゆきなり》!?　料理《りょうり》はからっきしだったはずじゃ……」

「そうだったか？」

行成《ゆきなり》はすずしい顔《かお》でとぼけたけど、尊《たける》がニヤッと笑《わら》ってタネ明《あ》かしする。

「前《まえ》の調理実習《ちょうりじっしゅう》の後《あと》、くやしがって特訓《とっくん》したんだよ、行成《ゆきなり》」

なるほど、行成《ゆきなり》の負《ま》けずぎらいがこんなところでも……。

感心《かんしん》したけど、尊《たける》と目《め》が合《あ》って、わたしはまたプイッと顔《かお》をそらした。

❖4 尊《たける》のスペシャル・クッキング

ひーひー言《い》いながら、なんとか玉《たま》ねぎのみじん切《ぎ》りを終《お》えるわたし。

「次《つぎ》はひき肉《にく》と玉《たま》ねぎをねって、肉《にく》だねを作《つく》るんだよね、若葉《わかば》ちゃん」

「……その前《まえ》にひとつ相談《そうだん》があるんだけど、いい？」

「相談《そうだん》？　なに？」

「このごろ、光太郎《こうたろう》のスキキライがはげしくてね。よくご飯《はん》を残《のこ》しちゃうんだけど、特《とく》にニンジンは絶対《ぜったい》食《た》べてくれないの」

光太郎《こうたろう》くんは、若葉《わかば》ちゃんの五つ下《した》の弟《おとうと》だ。

「だから私《わたし》、光太郎《こうたろう》が食《た》べてくれるようなニンジン料理《りょうり》を作《つく》れるようになりたいんだ。光太郎《こうたろう》はニンジン入《はい》ってるってわかると手《て》をつけないから、ふつうに切《き》ってスープに入《い》れると食《た》べないと思《おも》う。でも、ピーマンの肉《にく》づめは好《す》きだから、ニンジンをみじん切《ぎ》りにして肉《にく》だねにまぜたら食《た》べてくれるかもと思《おも》って」

「なるほど！　つまり、このニンジンはスープじゃなくて、ピーマンの肉《にく》づめに入《い》れたいってことだね」

野菜《やさい》スープの材料《ざいりょう》にするつもりで用意《ようい》していたニンジンを持《も》って、わたしがそう言《い》うと、若葉《わかば》ちゃんはうなずいた。

「うん。試《ため》しに作《つく》ってみたくて……いいかな、まなみ？」

「もちろん！」

ありがとう、と笑顔《えがお》になる若葉《わかば》ちゃん。チーム㋐《マルア》でもお姉《ねえ》ちゃんポジションだけど、弟《おとうと》のために料理《りょうり》を作《つく》りたいなんて、若葉《わかば》ちゃん、本当《ほんとう》にいいお姉《ねえ》ちゃんだな〜。

若葉《わかば》ちゃんはニンジンを洗《あら》ってまな板《いた》の上《うえ》に置《お》くと、包丁《ほうちょう》を持《も》って、ふうっと深呼吸《しんこきゅう》。

あ、なんか、見《み》おぼえある光景《こうけい》。

「斬《ざん》！　斬《ざん》！　斬《ざん》！　斬《ざん》！　斬《ざん》！」

気合《きあ》いのかけ声《ごえ》とともに、ダイナミックに包丁《ほうちょう》を何度《なんど》もふりおろす若葉《わかば》ちゃん。

やがて、ひたいの汗《あせ》を手《て》のこうでぬぐいながら、

「できた！　みじん切《ぎ》り！」

「でか……カレー用《よう》？」

わたしが正直《しょうじき》な感想《かんそう》をのべると、若葉《わかば》ちゃんは、「ダメかー」とその場《ば》にくずおれた。

ニンジンは乱切《らんぎ》りサイズで、しかもやっぱり、切《き》り口《くち》は全部《ぜんぶ》ななめになっている……。

「うう、けさ斬《ぎ》りしかできないなんて、格闘《かくとう》ゲームでも弱《よわ》キャラすぎる……！」

「上級者《じょうきゅうしゃ》のしばりプレイみたいだな」

頭《あたま》をかかえる若葉《わかば》ちゃんに、ぼそりとツッコむ行成《ゆきなり》。

「こっちはド素人《しろうと》ですけどね!?」

うーん、若葉《わかば》ちゃん、どうしても包丁《ほうちょう》で細《こま》かく切《き》るのはむずかしいみたいだ。

このままじゃせっかくの計画《けいかく》が失敗《しっぱい》に終《お》わっちゃう。

でも、家《いえ》でひとりで作《つく》れるようになりたいなら、わたしが手伝《てつだ》ったら意味《いみ》ないだろうし……そもそもみじん切《ぎ》りができないなら、ふつうのピーマンの肉《にく》づめもムリなんじゃ……。

「──料理《りょうり》の素人《しろうと》でもかんたんに作《つく》れるニンジンレシピ、教《おし》えようか？」

こまっていたら、そんな尊《たける》の声《こえ》がした。

「ほんと!?　お願《ねが》い！」

わたしがすぐにとびつくと、尊《たける》は意表《いひょう》をつかれたように目《め》をみはった。

あ、怒《おこ》ってたんだよね、わたし……でも。

「若葉《わかば》ちゃんを助《たす》けてあげて。そしたら、朝《あさ》のアレはなかったことにする」

しょんぼりしていた若葉《わかば》ちゃんが、みるみる顔《かお》をほころばせる。

「まなみ……ありがとう。尊《たける》、そのレシピ、教《おし》えてくれる？」

「まかせとけ！」

尊《たける》も笑《え》みを浮《う》かべて、たのもしくうなずいた。

「若葉《わかば》、ひとまずニンジンはおいといて、玉《たま》ねぎを半分《はんぶん》、切《き》ってくれ。ざく切《ぎ》りでいい」

「わかった。**斬《ざん》！　斬《ざん》！　斬《ざん》！　斬《ざん》！**」

野菜《やさい》スープ用《よう》に残《のこ》していた玉《たま》ねぎに、ようしゃなく包丁《ほうちょう》をふりおろす若葉《わかば》ちゃん。

「オーケー。じゃあ、さっきのニンジンと玉《たま》ねぎを耐熱《たいねつ》ボウルに入《い》れて、ラップをしてレンジで五分加熱《ふんかねつ》」

若葉《わかば》ちゃんが言《い》われたとおりにレンチンしている間《あいだ》に、尊《たける》は調理実習室《ちょうりじっしゅうしつ》の後《うし》ろのたなから、何《なに》かを持《も》ってきた。――ミキサー？

「まなみ、これをサッと洗《あら》って、組《く》みたてて」

「りょうかいです！」

「このミキサーに、レンチンしてやわらかくなったニンジンと玉《たま》ねぎ、牛乳《ぎゅうにゅう》、コンソメの素《もと》を入《い》れる。牛乳《ぎゅうにゅう》はオレたちがスープのアレンジ用《よう》に持《も》ってきたのを使《つか》えばいい。あっ、まなみ、たしか生《なま》クリーム持《も》ってきてたよな？」

「あるよ！」

ピーマンの肉《にく》づめをスイーツ風《ふう》にアレンジしようと思《おも》って、用意《ようい》してた生《なま》クリーム。

「せっかくだから、これも入《い》れよう。牛乳《ぎゅうにゅう》だけでも作《つく》れるけど、生《なま》クリームを入《い》れるとコクが出《で》るんだ。ただ、全部《ぜんぶ》入《い》れると味《あじ》が重《おも》たくなるから、牛乳《ぎゅうにゅう》の三分《ぶん》の一くらいの量《りょう》な」

尊《たける》の説明《せつめい》をきいて、若葉《わかば》ちゃんが材料《ざいりょう》をミキサーに入《い》れると、最後《さいご》にスイッチをオン。

ぎゅいーん、と回転《かいてん》が始《はじ》まる。

「野菜《やさい》のかたまりがなくなって、なめらかになるまで混《ま》ぜること。完全《かんぜん》に混《ま》ざったら、中身《なかみ》をなべにうつして、バターを入《い》れて火《ひ》にかける。沸騰《ふっとう》させないように気《き》をつけて、ひと煮《に》たちしたら、塩《しお》コショウで味《あじ》をととのえる」

できあがったキレイなオレンジ色《いろ》のスープを見《み》て、思《おも》わずグーとおなかが鳴《な》った。

「ニンジンぎらいにもオススメの、ニンジンのポタージュ、いっちょあがり」

尊《たける》が歌《うた》うような調子《ちょうし》で、言《い》う。

「ほんとにかんたん！　おいしそう～」

はしゃぐわたしのとなりで、若葉《わかば》ちゃんがスープカップによそって、味見《あじみ》をする。

「……おいしい！　ニンジンのくさみもないし、これなら光太郎《こうたろう》も喜《よろこ》んで食《た》べてくれそう」

パアッと顔《かお》をかがやかせる若葉《わかば》ちゃん。よかった！

「ありがとう、尊《たける》」

満面《まんめん》の笑《え》みでお礼《れい》を言《い》う若葉《わかば》ちゃんに、尊《たける》もうれしそうに、「ああ」とうなずいた。

その後《ご》、ピーマンの肉《にく》づめも（少《すこ》しだけこげちゃったけど）ちゃんと焼《や》けて、みごと料理《りょうり》が完《かん》成《せい》した。ばんざーい！

「そっちはちゃんとできた？　時間《じかん》足《た》りなくなったりしてない？」

わたしたちに教《おし》えていたせいで尊《たける》ペアがおくれてたら悪《わる》いな、と思《おも》ったけど尊《たける》は、「トーゼン」と胸《むね》をはった。

「オレの説明中《せつめいちゅう》も行成《ゆきなり》がスープを作《つく》ってたし、そもそもまなみたちとは手際《てぎわ》がちがうって」

まーたからかうようなこと言《い》う……。

でも実際《じっさい》、料理《りょうり》する尊《たける》の動《うご》きはムダがないし、じょうきょうに合《あ》わせたレシピをパッと思《おも》いつくなんてすごいよね。

――と、見直《みなお》していたのに。

「よし、できた！」

尊《たける》がふたを開《あ》けたフライパンの中《なか》を見《み》て、目《め》をうたがった。

「え？　これ……ピーマンの肉《にく》づめ？　ピーマンどこ？」

「使《つか》ってない。アレンジ料理《りょうり》『**ピーマンの肉《にく》づめ　～ピーマンぬき**』だ！」

悪《わる》びれることなく言《い》いきる尊《たける》。

そういえばこいつ、ピーマン苦手《にがて》だったな⁉

「ピーマンぎらいでも食《た》べられるピーマン料理《りょうり》を作《つく》りなよ！」

「ピーマンは敵《てき》だ。この先《さき》も和解《わかい》はできない」

「えらそうに言《い》うことか！　行成《ゆきなり》はこれでいいの？」

「他《ほか》で栄養《えいよう》をとれば、ムリにきらいなものを食《た》べる必要《ひつよう》はないんじゃないか」

身《み》もふたもないことを言《い》う行成《ゆきなり》に、若葉《わかば》ちゃんがつぶやく。

「わ、私《わたし》の苦労《くろう》、全否定《ぜんひてい》……？」

この男子《だんし》コンビ、マイペースすぎるでしょ!!

ピーマンぬきだと、もはやただのハンバーグだよ……いやでもおいしそうだな。

いい感《かん》じについた焼《や》き目《め》、てりてりに光《ひか》るソース、食欲《しょくよく》をそそる肉汁《にくじゅう》と香辛料《こうしんりょう》のスパイシーな香《かお》り……じゅるり。

「やっぱたらしてるぞ、ヨダレ」

行成《ゆきなり》に言《い》われて、あわてて口元《くちもと》をぬぐう。

「こ、これは、あまりにおいしそうだから、つい」

思《おも》わず赤《あか》くなって言《い》いわけしてたら、「まなみ」と尊《たける》に呼《よ》ばれた。

「肉《にく》づめ、多《おお》めに焼《や》いたから、食《た》べるか？」

「へ？」

「ニンジンレシピくらい、べつに条件《じょうけん》なしでも教《おし》えたし。そもそも、あれは若葉《わかば》に教《おし》えたもので、まなみにはカンケーないだろ。だから、その……」

尊《たける》はぶっちょう面《づら》で、ぼそりと一言《ひとこと》。

「これで、朝《あさ》のはチャラな」

あっ、暴言《ぼうげん》のおわびにこの肉《にく》づめ（つめてないけど）、くれるってこと!?

尊《たける》も反省《はんせい》したのかな……まったく、素直《すなお》じゃないなあ。

「わかった！　それじゃ、いただきまーす」

お皿《さら》にもるのが待《ま》ちきれず、わたしはフライパンから一つ、ひょいパクッとほおばった。

行成《ゆきなり》が、「あ」とつぶやく。

「それは――」

瞬間《しゅんかん》、とんでもないシゲキが舌《した》を焼《や》き、カアーッと体《からだ》が熱《あつ》くなる！

かかかかか辛《から》～～～～～～！

ショックでボン！　と猫《ねこ》に変身《へんしん》するわたし。

「辛《から》い辛《から》い辛《から》い！　水《みず》！　水《みず》ちょうだい！」

「俺専用《おれせんよう》に作《つく》った激辛《げきから》のやつを食《た》べたな」

「あっ、そういえばいくつか辛《から》いの混《ま》ぜるって言《い》ってたか、行成《ゆきなり》」

「だいじょうぶ？　はい、水《みず》！」

先《さき》に言《い》ってよ～とうらみながら、わたしは若葉《わかば》ちゃんが出《だ》してくれた皿《さら》の水《みず》をペロペロなめる。

あ～、舌《した》が痛《いた》いよ～！　ヒリヒリする～！

「あら？　斉賀《さいが》さんは？」

「やべ、かくれろ、まなみ」

先生《せんせい》が近《ちか》づいてくる気配《けはい》がして、あわてて机《つくえ》の下《した》にもぐりこんだ。

「お、おなかの調子《ちょうし》が悪《わる》いって言《い》って、今《いま》さっきトイレに行《い》きました」

若葉《わかば》ちゃん、今日《きょう》もフォローありがとう……。


その後《ご》、わたしはスキを見《み》て調理実習室《ちょうりじっしゅうしつ》をぬけだして、変身《へんしん》が解《と》けたころ、もどってきた。

幸《さいわ》い、変身《へんしん》の瞬間《しゅんかん》は他《ほか》の生徒《せいと》には見《み》られなかったみたい。

みんなもう食事《しょくじ》を終《お》えていて、わたしのぶんは若葉《わかば》ちゃんがちゃんと残《のこ》してくれてたけど――

「……冷《さ》めてる……」

ずーん、と肩《かた》を落《お》とすわたしに、「ドンマイ」と尊《たける》が苦笑《にがわら》いする。

「猫舌《ねこじた》になったんだろ？　ちょうどよかったんじゃね？」

「**よくない‼**」

ちゃんと出来《でき》たてのあったかい料理《りょうり》が食《た》べたかったー。

うらむよ、尊《たける》、行成《ゆきなり》……！

2章《しょう》　応援団《おうえんだん》と見《み》えない卵《たまご》

1 ボスバーガーでハッピータイム

「まなみ、若葉《わかば》。今日《きょう》ボスバーガー行《い》かねえ？　新作《しんさく》シェイク出《で》たってさ」

帰《かえ》りの下駄箱《げたばこ》で、尊《たける》に声《こえ》をかけられた。

「あっ、『傾国《けいこく》のメロメロメロンシェイク』でしょ!?　飲《の》みたいって思《おも》ってた」

ウキウキと答《こた》えてから、ハッと息《いき》をのむ。

「もしかして、わたしのおごり？」

指輪《ゆびわ》を見《み》つけてまきぞえにしちゃったおわびに、一年分《ねんぶん》の新作《しんさく》シェイクをおごれって前《まえ》に尊《たける》に言《い》われたんだよね。尊《たける》はニンマリとほおをゆるめて、

「もちろん！　……と言《い》いたいとこだけど、今日《きょう》はオレがメーワクかけたからチャラにしよう。行成《ゆきなり》も行《い》くって」

「よかった！　若葉《わかば》ちゃんはどう？」

「うん、行《い》こうかな」


ボスバーガーに着《つ》いて、新作《しんさく》シェイクと、フライドポテトも食《た》べたいな……と思《おも》ったけど、おこづかいがあまり残《のこ》ってなかった。

今日《きょう》はシェイクだけにするかー。

注文《ちゅうもん》したものを受《う》けとってみんなで席《せき》に着《つ》くと、行成《ゆきなり》がわたしのトレーにポテトのL《エル》を置《お》いた。

「調理実習《ちょうりじっしゅう》の、おわび」

「くれるの!?　わーい。じゃあみんなで食《た》べよう」

もしかして行成《ゆきなり》、わたしがポテトを欲《ほ》しそうにしてたの気《き》づいたのかな……相変《あいか》わらずまわりをよく見《み》てる。

メロン味《あじ》のシェイクはさわやかで香《かお》りがよくて、すごくおいしい！

ポテトも外《そと》はカリッとしてるのに中《なか》はホクホクで、手《て》が止《と》まらない～。

「シェイクうまっ」

尊《たける》も目《め》を輝《かがや》かせてる……甘党《あまとう》なんだよね。

そして尊《たける》は、あーんと大《おお》きく口《くち》を開《あ》けると、とがった犬歯《けんし》が目立《めだ》つ歯《は》で、ガブリとてりやきバーガーにかぶりついた。

ボスバーガーは尊《たける》が大好《だいす》きなファーストフード店《てん》で、尊《たける》は来《く》るたびに必《かなら》ずてりやきバーガーとシェイクを注文《ちゅうもん》する。

食《た》べ物《もの》もスポーツ選手《せんしゅ》もアーティストも、一度好《いちどす》きになったらそればっかり、ずーっと一途《いちず》。

そういうところは、もともと犬《いぬ》っぽいかも。

「行成《ゆきなり》が飲《の》んでるのは抹茶《まっちゃ》シェイクだろ。それ、けっこー苦《にが》くね？」

「悪《わる》くない」

「若葉《わかば》ちゃんは何《なに》をたのんだの？」

「ナッツソースのアボカドチーズバーガー……おなか空《す》いちゃって」

ちょっとはずかしそうにそう言《い》ってから、大《おお》きなハンバーガーにパクリとかぶりつく若葉《わかば》ちゃん。小《ちい》さな口《くち》をいっぱいにして、ほっぺをふくらませてモグモグしてる……かわいいなあ。

「ハンバーガーもすごくおいしそう」

「よかったら味見《あじみ》する？」

「やったー。じゃあ若葉《わかば》ちゃんも『傾国《けいこく》のメロメロメロンシェイク』をどうぞ」

おたがいに味見《あじみ》して、おいしいねとほほ笑《え》みあう。

「ところで傾国《けいこく》ってどういう意味《いみ》だろ？」

「国《くに》を傾《かたむ》けるくらいの絶世《ぜっせい》の美女《びじょ》をさす言葉《ことば》……だよね、行成《ゆきなり》？」

「ああ。国王《こくおう》がその女《おんな》に夢中《むちゅう》になるあまり、政治《せいじ》をおろそかにして、国《くに》が滅《ほろ》ぶような美女《びじょ》をいう。このシェイクの場合《ばあい》、国《くに》が傾《かたむ》くくらい魅力的《みりょくてき》、みたいな意味合《いみあ》いか」

「すげー、大《おお》きく出《で》たな。たしかにうまいけど」

「うん！　もう何杯《なんばい》でもおかわりしたい」

「太《ふと》るぞ。まなみにはデブ注意《ちゅうい》の『警告《けいこく》のメロンシェイク』だな」

「尊《たける》はすぐそういうこと言《い》う！」

そんな感《かん》じでしゃべっていたら、ふと、若葉《わかば》ちゃんが言《い》った。

「そういえば、もうすぐ体育祭《たいいくさい》だね」

向《む》かいに座《すわ》ってた尊《たける》が、「マジ!?」と身《み》を乗《の》りだす。

「うん、年間予定表《ねんかんよていひょう》に書《か》いてあったよ。明日《あした》のホームルームで、係《かかり》や競技《きょうぎ》を決《き》めるんじゃない？」

体育祭《たいいくさい》か～。毎年《まいとし》、尊《たける》が大活躍《だいかつやく》するイベントだ。

小学校《しょうがっこう》の時《とき》は必《かなら》ずリレーの選手《せんしゅ》で、一昨年《おととし》なんてアンカーで二人《ふたり》ぬきしてたっけ。

でも……。

「……今年《ことし》は指輪《ゆびわ》のことがあるよね。どうする？」

「……んー……」

わたしがためらいながらたずねると、尊《たける》は腕《うで》を組《く》んで、迷《まよ》うように瞳《ひとみ》をゆらした。

やっぱり、自分《じぶん》の能力《のうりょく》じゃない指輪《ゆびわ》の力《ちから》で勝《か》つのはフェアじゃない、と思《おも》うのかな？

「体育祭《たいいくさい》は、祭《まつ》りだろ」

抹茶《まっちゃ》シェイクをすすってから、何気《なにげ》ない口調《くちょう》でそう言《い》ったのは行成《ゆきなり》だ。

「ズルとか考《かんが》えず、全力《ぜんりょく》で楽《たの》しんだらいいんじゃないか？」

「たしかに！　勝《か》ち負《ま》けはあっても、年《ねん》に一回《かい》かぎりのものだしね」

「同感《どうかん》。ただ、あんまり人間《にんげん》ばなれした能力《のうりょく》を見《み》せちゃうのはキケンだから、そのへんがバレにくそうな競技《きょうぎ》に出場《しゅつじょう》するのがいいかも」

わたしと若葉《わかば》ちゃんも賛成《さんせい》すると、尊《たける》は目《め》をパチパチしてから、ニッと口元《くちもと》をゆるめた。

「……そうだな！　よし、なんか、燃《も》えてきたー！」

声《こえ》をはずませて、ぐっとガッツポーズをする尊《たける》がうれしそうで、わたしもうれしかった。

若葉《わかば》ちゃんの予想《よそう》どおり、翌日《よくじつ》のホームルームで体育祭《たいいくさい》についての話《はな》し合《あ》いが行《おこな》われて、尊《たける》は体育祭実行委員《たいいくさいじっこういいん》と、応援団《おうえんだん》にも立候補《りっこうほ》した。

以来《いらい》、毎日準備《まいにちじゅんび》でいそがしそうだ。

「——あーあ、今日《きょう》は早《はや》く帰《かえ》って、昨日《きのう》の漣《れん》くんのドラマ見《み》かえそうと思《おも》ってたのに……」

小《しょう》テストの結果《けっか》が悪《わる》くて、九十点《てん》とれるまでくりかえしテストをするという英語《えいご》の補習《ほしゅう》がようやく終《お》わった放課後《ほうかご》。

わたしがひとりごとを言《い》いながら校門《こうもん》に向《む》かっていたら、校庭《こうてい》で応援団《おうえんだん》が練習《れんしゅう》をしていた。

ホイッスルの音《おと》に合《あ》わせて、空手《からて》の型《かた》のような演舞《えんぶ》をやっている。

尊《たける》は……いた！　真剣《しんけん》な表情《ひょうじょう》だけど、生《い》き生《い》きとして見《み》えた。

こんな時間《じかん》までがんばってるなあ……。

なんとなくながめていたら、はあーっと近《ちか》くから大《おお》きなため息《いき》が聞《き》こえた。

「体育祭《たいいくさい》なんて……ほろべばいいのに……」

暗《くら》いまなざしでそうつぶやくのは、同《おな》じクラスのメガネ女子《じょし》、梨田希望《なしだのぞみ》ちゃん。

「体育祭《たいいくさい》……それは運動神経《うんどうしんけい》にめぐまれた選《えら》ばれし者《もの》たちの残酷《ざんこく》なる宴《うたげ》……。私《わたし》のようなトロくさい陰《いん》キャはチームの足《あし》を引《ひ》っぱって、ハジとなみだにまみれるだけの地獄《じごく》のX《エックス》デー……」

「の、希望《のぞみ》ちゃん。運動《うんどう》キライなんだ？」

「斉賀《さいが》まなみ……あなたのような日向《ひなた》にいる者《もの》には、この苦《くる》しみは理解《りかい》できないわ……」

「わたしもドンくさいからリレーでこけて、メーワクかけちゃったことあるよ。でも、体育祭《たいいくさい》はお祭《まつ》りだしさ、実際《じっさい》の勝《か》ち負《ま》けよりも、楽《たの》しんだもの勝《が》ちだと思《おも》う！」

わたしの主張《しゅちょう》に希望《のぞみ》ちゃんは、「ふっ」と皮肉《ひにく》っぽく口元《くちもと》をゆがめた。

「表向《おもてむ》きはキレイごとを言《い》っても、裏《うら》では私《わたし》のことバカにして笑《わら》ってるのよ……！」

「そんなことないって」

「のろまな私《わたし》の醜態《しゅうたい》を見《み》て、せいぜい楽《たの》しむがいいわ……陽《よう》キャどもの祝祭《しゅくさい》のイケニエにささげられしアワレな子羊《こひつじ》、それが私《わたし》……」

ゆううつそうにぼやきながら、去《さ》っていく希望《のぞみ》ちゃん。

名前《なまえ》は希望《のぞみ》なのに、めっちゃ悲観的《ひかんてき》だ……。

あぜんと見送《みおく》っていたら、練習《れんしゅう》が終《お》わったのか、応援団《おうえんだん》の人《ひと》たちがこっちの方《ほう》にわらわらとやってきた。

あ、そこの木《き》にみんな荷物《にもつ》を置《お》いてたんだね。

「尊《たける》、おつかれさま！」

「おー、のどかわいたー」

カバンから水《すい》とうを出《だ》して、ゴクゴクとお茶《ちゃ》を飲《の》む尊《たける》に近《ちか》づいたところで、ふと、そばの木《き》の根元《ねもと》に、何《なに》かが落《お》ちているのに気《き》づいた。

直後《ちょくご》、近《ちか》くにきた男子応援団員《だんしおうえんだんいん》がそれをふみそうになったから、わたしはとっさに声《こえ》をあげる。

「待《ま》って！」

団員《だんいん》はビクッと動《うご》きを止《と》め、わたしはすばやくその「何《なに》か」を、そっと拾《ひろ》いあげる。

毒々《どくどく》しい紫《むらさき》に黒《くろ》いマダラもようの……卵《たまご》……？

大《おお》きさは、ピンポン球《だま》くらいだ。

「どうした、まなみ？」

「これが落《お》ちてたんだけど、何《なに》かの卵《たまご》っぽいよね」

尊《たける》にわたすと、尊《たける》もナゾの卵《たまご》をいろんな角度《かくど》からながめて、「だな」とうなずいた。

「なんかブキミな色《いろ》だよね……」

そう言《い》いながら、わたしが顔《かお》をあげると、さっきの応援団員《おうえんだんいん》が、キョトンとした顔《かお》でこちらを見《み》ていた。

「なあ、これ、なんの卵《たまご》かわかるか？」

尊《たける》がたずねると、団員《だんいん》はまゆをひそめて言《い》う。

「……どれ？」

え？

❷ 見《み》えない卵《たまご》!?

ポカンとするわたしと尊《たける》を見《み》て、団員《だんいん》はそばにいた他《ほか》の団員《だんいん》に声《こえ》をかけた。

「お、おい。神崎《かんざき》の手《て》の上《うえ》、何《なに》かのってる？」

「ん〜？　ナゾナゾ？　空気《くうき》、とか？」

「あっ、かかえきれない可能性《かのうせい》とか！」

あははは、とノリよく笑《わら》う団員《だんいん》たち。

もしかして、わたしと尊《たける》にしか、この卵《たまご》、見《み》えてないの……!?

仲間《なかま》たちの反応《はんのう》を見《み》て、卵《たまご》をふみかけた団員《だんいん》も冗談《じょうだん》だと思《おも》ったようだ。

「だまされたー。二人《ふたり》だけの世界《せかい》を見《み》せつけんなよ！」

笑《わら》いながら、卵《たまご》をのせて差《さ》しだしていた尊《たける》の手《て》を、バチーン！　えっ、たたいた!?

ギョッと目《め》をみはるわたしと尊《たける》の前《まえ》で、ぐしゃっとつぶれる卵《たまご》。

男子団員《だんしだんいん》は、卵《たまご》を割《わ》ったことにも気《き》づいていないようす。

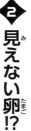

卵《たまご》の中《なか》は、からっぽ……？　と思《おも》った直後《ちょくご》。

『キョロロロ……』と不思議《ふしぎ》な笛《ふえ》のような音《おと》とともに、甘《あま》い香《かお》りが鼻《はな》をついて、頭《あたま》がくらくらしてきた。

何《なに》これ……⁉

まわりにいた応援団員《おうえんだんいん》たちが、バタバタとその場《ば》にたおれていく。

「くっ……」

尊《たける》がひざをつき、わたしも立《た》っていられず、へたりこむ。

そのままバランスをうしなって、わたしと尊《たける》も地面《じめん》に横《よこ》になった。

応援団員《おうえんだんいん》はみんな、意識《いしき》をうしなっているようで、瞳《ひとみ》を閉《と》じている。

わたしは目《め》はさめているけど、体《からだ》がピクリとも、動《うご》かない……！

尊《たける》の顔《かお》は見《み》えないけど、同《おな》じ状態《じょうたい》なのかな？

声《こえ》も出《だ》せないから、無事《ぶじ》をたしかめることもできない。

とほうもない恐怖《きょうふ》が、全身《ぜんしん》を襲《おそ》う。

いったい何《なに》が起《お》こってるの……⁉

無限《むげん》のように思《おも》える時間《じかん》が、じりじりと過《す》ぎていく。

ふいに、ポツン、とほおに冷《つめ》たいものが落《お》ちてきた。

雨《あめ》……？

と思《おも》ったところで、スッと金《かな》しばりのような状態《じょうたい》がとけて、体《からだ》が動《うご》くようになった。

同時《どうじ》に尊《たける》も上体《じょうたい》を起《お》こす。

「まなみ、だいじょうぶか!?」

「うん……急《きゅう》に体《からだ》が動《うご》かなくなったね」

まわりの応援団員《おうえんだんいん》たちも、少《すこ》しおくれて目《め》をさましたみたい。

ポツポツと雨《あめ》が降《ふ》りだす中《なか》、みんな不思議《ふしぎ》そうな顔《かお》で起《お》きあがっていたら、「おーい」と少《すこ》しはなれたところで練習《れんしゅう》していた野球部《やきゅうぶ》の生徒《せいと》たちが走《はし》ってきた。

「たおれてるのが見《み》えたけど、どうした!?　何《なに》があったんだ？」

そうたずねられたけど、応援団員《おうえんだんいん》たちも首《くび》をかしげるだけだ。

「おれたちにも、なにがなんだかわからなくて……」

「急《きゅう》に目《め》の前《まえ》が暗《くら》くなったと思《おも》ったら、立《た》っていられなくなった」

「……練習《れんしゅう》が終《お》わったのがちょうど六時《じ》だったから、たおれたのは、ほんの数分《すうふん》みたいだな」

時計《とけい》を見《み》ながら、尊《たける》が言《い》う。

数分《すうふん》……もっとすごく、長《なが》く感《かん》じた……。

話《はな》している間《あいだ》に、雨《あめ》が本格的《ほんかくてき》になってきて、下校《げこう》のチャイムも鳴《な》ったから、結局《けっきょく》わけがわからないまま、その場《ば》は解散《かいさん》することになった。

折《お》りたたみガサを持《も》ってきた生徒《せいと》はそれをさして、カサのない生徒《せいと》は友《とも》だちに入《い》れてもらったり、カバンを頭《あたま》にのせて雨《あめ》の中《なか》を走《はし》っていったり。

わたしはすぐにでも尊《たける》と卵《たまご》の話《はなし》をしたかったけど、まわりにもう少《すこ》し人《ひと》がいなくなってからじゃないとね。

「尊《たける》、カサないの？」

木《き》の下《した》でカバンをあさって顔《かお》をしかめる幼《おさな》なじみを見《み》て、そうたずねると、尊《たける》はうなずいた。

「わたしはちゃんと持《も》ってきたよ。えらいでしょ？」

じゃーん、とお気《き》に入《い》りの肉球《にくきゅう》ガラのカサを開《ひら》く。

「えらいえらい。じゃ、卵《たまご》の件《けん》は、夜《よる》に電話《でんわ》するから」

そう言《い》って尊《たける》が走《はし》って行《い》こうとするから、ビックリした。

「えっ、いっしょに入《はい》っていきなよ。風邪《かぜ》ひくよ？」

「ひかないし」

「バカだから？」

「おい」

「体育祭前《たいいくさいまえ》の今《いま》はとくに、万《まん》が一《いち》でも風邪《かぜ》ひいたらこまるでしょ。卵《たまご》の話《はなし》も早《はや》くしたいし、いっしょに帰《かえ》ろう」

わたしの言葉《ことば》に、尊《たける》はしぶしぶうなずいた。

相合《あいあ》いガサがはずかしいのかな……小《ちい》さい時《とき》はそんなことなかったのに。

「尊《たける》、肩《かた》、めっちゃぬれてない？　そんなにこっちに差《さ》してくれなくていいよ？」

「二人《ふたり》で入《はい》るにはせますぎるんだよ。もっとでかいカサを買《か》え」

「入《い》れてもらってその態度《たいど》は何《なに》!?」

しとしとと降《ふ》る雨《あめ》の中《なか》、たしかに二人《ふたり》で一つのカサはせまかった。

でも、カサを持《も》ってくれてる尊《たける》ばっかり、ぬれてるみたい……。

もう少《すこ》しくっつこうと、こっちにばかりカサを差《さ》す尊《たける》の手《て》を押《お》しながらグッと体《からだ》をよせたら、ボン！　と尊《たける》が黒柴《くろしば》に変身《へんしん》した。

「えっ、なに!?」

同時《どうじ》にカサが地面《じめん》に落《お》ちたから、あわてて拾《ひろ》うわたし。

「……オ、オレが犬《いぬ》になれば一つのカサでもぬれないと思《おも》って！　とっさにキライなものを想像《そうぞう》して、変身《へんしん》したんだ！」

「想像《そうぞう》だけで変身《へんしん》できたの!?　すごいね」

わたしたち、大《だい》キライなものを見《み》て、ドキッとすることでも変身《へんしん》できるから、変身《へんしん》したい時《とき》はそういうものの画像《がぞう》を見《み》たりするんだけど……。

尊《たける》は思《おも》い浮《う》かべただけで、できちゃったんだ？

ブルブルッと体《からだ》を振《ふ》って、ぬれた毛《け》の水《みず》をはらう黒柴《くろしば》を見《み》ながら、やるなあと感心《かんしん》する。

「いきなりだったからビックリした。でも、たしかにナイスアイディアかも」

「だろ？」

「何《なに》を思《おも》い浮《う》かべたの？　まさかピーマン？」

モフモフの黒柴《くろしば》は、「そこまでガキじゃねえ！」と犬歯《けんし》を見《み》せて怒《おこ》ってから、プイッと顔《かお》をそらした。

「……ヒミツだ」

「えー、ケチ」

わたしは口《くち》をとがらせたけど、この犬《いぬ》の姿《すがた》だと、尊《たける》がナマイキでも無愛想《ぶあいそう》でもかわいく見《み》えて、すぐほおがゆるんじゃう。

ぶんぶんとしっぽをふる黒柴《くろしば》にカサを差《さ》して、わたしはまた歩《ある》きだした。

「――みんなが気《き》を失《うしな》ったの、絶対《ぜったい》、あの卵《たまご》が割《わ》れたのが原因《げんいん》だよね」

まわりに生徒《せいと》がいなくなったので、さっきの事件《じけん》をふりかえる。

「ああ。でも、オレは意識《いしき》はあった。体《からだ》が全然《ぜんぜん》動《うご》かなくなって、あせったけど」

「わたしも同《おな》じ！　こわかったよね……」

さっきの恐怖《きょうふ》を思《おも》いだすと、体《からだ》がブルッとふるえた。

「あと、卵《たまご》が割《わ》れた後《あと》に、なんか笛《ふえ》みたいな音《おと》と、甘《あま》い香《かお》りがしなかったか？」

「したした！　でも、それもみんなは感《かん》じていないみたいだったね」

「オレとまなみにしか見《み》えない卵《たまご》と、音《おと》と、香《かお》り。受《う》けた影響《えいきょう》にも差《さ》がある。ということは――」

うす暗《ぐら》い雨《あめ》の中《なか》で、尊《たける》のしっぽの付《つ》け根《ね》に光《ひか》る赤《あか》の石《いし》が、あざやかに目《め》にうつった。

わたしも自分《じぶん》の右手《みぎて》中指《なかゆび》のバンソーコーにそっと触《ふ》れて、うなずく。

「うん。たぶんこの指輪《ゆびわ》や、悪霊《あくりょう》に関係《かんけい》した事件《じけん》ってことだね」

❸ チーム㋐《マルア》、調査開始《ちょうさかいし》です！

事件《じけん》の次《つぎ》の日《ひ》の昼休《ひるやす》み。

チーム㋐《マルア》の四人《にん》は、ナゾの卵《たまご》を見《み》つけた木《き》を調《しら》べていた。

最初《さいしょ》はまた早朝《そうちょう》にと思《おも》ったんだけど、尊《たける》いわく、朝《あさ》も応援団《おうえんだん》の練習《れんしゅう》があって人目《ひとめ》が多《おお》いとのことで、この時間《じかん》になったんだ。

「できれば上《うえ》も調《しら》べてみたいけど……」

大《おお》きく枝《えだ》を広《ひろ》げて、緑《みどり》の葉《は》を生《い》き生《い》きと茂《しげ》らせている木《き》を見《み》あげて、尊《たける》が言《い》う。

木《き》は高《たか》いところで枝分《えだわ》かれしているから、いくら運動神経《うんどうしんけい》バツグンの尊《たける》でも、道具《どうぐ》なしで登《のぼ》るのはむずかしそうだ。

「ハシゴをもってくると目立《めだ》つよな」

「そうだな。とりあえず、上空《じょうくう》から観察《かんさつ》してみよう」

行成《ゆきなり》はそう言《い》って茂《しげ》みのかげに入《はい》ると、バサバサッとタカの姿《すがた》になって飛《と》びだしてきた。

行成《ゆきなり》は集合体恐怖症《しゅうごうたいきょうふしょう》だから、ハチの巣《す》とかの画像《がぞう》を見《み》て変身《へんしん》したんだろう。

「なら、私《わたし》も」

そう言《い》って若葉《わかば》ちゃんも茂《しげ》みのかげに入《はい》ると、トトトト……とハムスターの姿《すがた》に変《か》わって出《で》てくる。若葉《わかば》ちゃんはきっと、苦手《にがて》なクモの画像《がぞう》。

ハムスターの若葉《わかば》ちゃんは、トテトテと手足《てあし》を使《つか》って、身軽《みがる》に木《き》の幹《みき》を登《のぼ》りはじめた。

「えっ、ハムスターって木登《きのぼ》りできるの⁉」

「うん。細《ほそ》い爪《つめ》はひっかけやすいし、体重《たいじゅう》が軽《かる》いから、木登《きのぼ》りやかべ登《のぼ》りもできるんだよ」

きゃー、ハムちゃんのフリフリゆれるおしりと短《みじか》いしっぽ、超《ちょう》かわいい～！

なんて、のんきにときめいてる場合《ばあい》じゃないね。

わたしもすぐにヘビの画像《がぞう》でドキッとして、子猫《こねこ》に変身《へんしん》。ひょいひょいっと木《き》を登《のぼ》った。

尊《たける》が木《き》のまわりを、子猫《こねこ》のわたしとハムスターの若葉《わかば》ちゃんが木《き》の枝《えだ》の先《さき》や葉《は》っぱのようすを、タカの行成《ゆきなり》が木《き》の上《うえ》を……。

みんなで調《しら》べてみたけど、異常《いじょう》は見《み》つからなかった。

変身《へんしん》が解《と》けそうなタイミングで、また茂《しげ》みのかげに入《はい》って、元《もと》の姿《すがた》にもどる。

そろそろ、昼休《ひるやす》みも終《お》わる時間《じかん》だ。

「卵《たまご》ということは、動物《どうぶつ》の悪霊《あくりょう》が産《う》みおとしたものかもしれないな」

「ゲ、悪霊《あくりょう》が卵産《たまごう》むのか……」

「じゃあ、また何《なに》かにとりついてるのかな？」

「そうだね。ほっといたらどんどん強力《きょうりょく》になるって言《い》うから、早《はや》く見《み》つけなきゃ」

話《はな》しながら、教室《きょうしつ》の方《ほう》へと歩《ある》いていたら、向《む》こうから男子《だんし》のグループがやってきた。

「おつかれさまです」

尊《たける》が頭《あたま》を下《さ》げる。あっ、バスケ部《ぶ》の先輩《せんぱい》たちか！

「おっ、神崎《かんざき》」

「応援団《おうえんだん》に入《はい》ったって？　団長《だんちょう》、オレの友《とも》だちだけど、体育祭《たいいくさい》の午後《ごご》の部《ぶ》でおまえがすげーことするって言《い》ってたぜ」

「はい、全力《ぜんりょく》で盛《も》りあげるんで、期待《きたい》しててください！」

「体育祭《たいいくさい》の実行委員《じっこういいん》でも、学年《がくねん》リーダーになってバリバリ動《うご》いてるらしいじゃん。なんか話題《わだい》になってるぞ、一年《ねん》のくせに超目立《ちょうめだ》ってるって」

「それ、目《め》を付《つ》けられてるんじゃ!?　やば……」

「ちがうちがう。できる一年《ねん》がいるってウワサになってた」

へー、尊《たける》、がんばってると思《おも》ってたけど、応援団《おうえんだん》でも実行委員《じっこういいん》でもそんな中心《ちゅうしん》になって活動《かつどう》してたんだ。

そして、休部《きゅうぶ》することになっても、先輩《せんぱい》たちと仲良《なかよ》さそう……と思《おも》ったけど。

先輩《せんぱい》三人《にん》のうち、一人《ひとり》だけ、しかめっ面《つら》でそっぽを向《む》いてる人《ひと》がいた。

「毎日《まいにち》バタバタしてます。センパイたちも、夏季大会近《かきたいかいちか》いから地井川先生《ちいかわせんせい》にしごかれてるでしょ？」

「ああ、明日《あした》は市《し》の大会《たいかい》もあるし」

「そーなんですね。がんばってください！」

先輩《せんぱい》たちがはなれていってから、若葉《わかば》ちゃんが、口《くち》を開《ひら》く。

「あの一人《ひとり》だけだまってた人《ひと》、私《わたし》たちと同《おな》じ風ノ宮小出身《かぜのみやしょうしゅっしん》だったよね」

「うん、たしか一学年上《がくねんうえ》の、杉《すぎ》さんだったっけ？　キゲン悪《わる》かったのかな」

「杉《すぎ》センパイは前《まえ》からオレのこと良《よ》く思《おも》ってなかったみたいだけど……理由《りゆう》もあいまいでいきなり休部《きゅうぶ》したから、きらわれても仕方《しかた》ないかもなー」

あっけらかんとした口調《くちょう》で、尊《たける》が言《い》う。

「ま、すべての人間《にんげん》に好《す》かれようなんて、ムリな話《はなし》だし」

「尊《たける》は敵《てき》を作《つく》りやすそうだしねえ」

わたしがからかったら、「自覚《じかく》はある」と、なぜか胸《むね》をはられた。

「イケメンだからしょーがない」

「そーゆーとこだよ！」


放課後《ほうかご》、若葉《わかば》ちゃんと図書室《としょしつ》に行《い》くと、おなじみのすらりとした色白《いろじろ》の男子《だんし》が、机《つくえ》で本《ほん》を開《ひら》いていた。

「あ、行成《ゆきなり》も来《き》てたんだ」

読《よ》んでるのは、動物図鑑《どうぶつずかん》？　わきにも何冊《なんさつ》か、動物関係《どうぶつかんけい》の本《ほん》が積《つ》んである。

「調《しら》べもの？」

「ああ、悪霊対策《あくりょうたいさく》。そっちは？」

「雨《あめ》がすごいから、宿題《しゅくだい》を終《お》わらせてから帰《かえ》ろうと思《おも》って」

「早《はや》くやむといいけどねー。この雨《あめ》だと、応援団《おうえんだん》の練習《れんしゅう》は休《やす》みかな？」

「体育館《たいいくかん》でやるって。ただ、今日《きょう》は実行委員会《じっこういいんかい》があるから、尊《たける》はそっちに出《で》るらしい。後半《こうはん》で少《すこ》し応援団《おうえんだん》にも顔《かお》を出《だ》すと言《い》ってた」

「うわー、ハードスケジュールだねー」

小《ち い》さな声《こえ》で話《はな》しながら、行成《ゆきなり》の向《む》かいに若葉《わかば》ちゃんとならんで座《すわ》って、宿題《しゅくだい》にとりかかる。

「――まなみ。起《お》きて、まなみ」

「はっ、わたし、寝《ね》てた⁉」

「うん。教科書《きょうかしょ》開《ひら》いて一分《ぷん》で」

となりの席《せき》で苦笑《にがわら》いする若葉《わかば》ちゃん。

「眠《ねむ》い時《とき》は少《すこ》し寝《ね》るとスッキリするから、十五分《ふんま》待ってから声《こえ》かけたの」

「そうなんだ、ありがとう。雨《あめ》の日《ひ》って、なんか眠《ねむ》くなるんだよね～」

「雨《あめ》が降《ふ》るのは、気圧《きあつ》が低《ひく》くなった時《とき》だ。気圧《きあつ》が低《ひく》くなると、人間《にんげん》の体《からだ》は、休息《きゅうそく》モードになるような神経《しんけい》が強《つよ》くはたらく。だから、雨《あめ》の日《ひ》は、眠気《ねむけ》が起《お》こりやすい」

そこまで説明《せつめい》したところで、行成《ゆきなり》はわたしの後《うし》ろの方《ほう》を見《み》て、目《め》をまたたいた。

「行成《ゆきなり》……まなみと若葉《わかば》もいっしょだったか。ちょうどいい」

ふりかえると、尊《たける》がこっちに近《ちか》づいてきていた。

「実行委員会《じっこういいんかい》、もう終《お》わったの？」

わたしがたずねると、尊《たける》はかたい表情《ひょうじょう》で首《くび》を横《よこ》にふった。

「集合場所《しゅうごうばしょ》の教室《きょうしつ》のトビラを開《あ》けたら、中《なか》に集《あつ》まってた生徒《せいと》がみんな気《き》を失《うしな》ってた」

ええっ⁉

「オレはとっさに息《いき》を止《と》めて、窓《まど》を開《あ》けて換気《かんき》した。オレの後《あと》も何人《なんにん》か生徒《せいと》がきて、中《なか》のようすを見《み》てちょっとしたパニックになったけど、そいつらはたおれたりしなかった。そうしてるうちに全員目《ぜんいんめ》をさました……昨日《きのう》と同《おな》じように、いきなり目《め》の前《まえ》が真《ま》っ暗《くら》になったらしい」

「教室《きょうしつ》に例《れい》の卵《たまご》があったのを、だれかが気《き》づかずに割《わ》っちゃったのかな？」

若葉《わかば》ちゃんの言葉《ことば》に、尊《たける》は、「だと思《おも》う」とうなずいた。

「かすかだけどあの甘《あま》い香《かお》りが残《のこ》ってたから。ただ——昨日《きのう》は数分《すうふん》で意識《いしき》がもどったけど、今日《きょう》はもっと長《なが》かったと思《おも》う」

ゾッとして、顔《かお》を見《み》あわせるわたしたち。

悪霊《あくりょう》は、時間《じかん》がたてばたつほど、力《ちから》が強《つよ》くなる。それが卵《たまご》にも影響《えいきょう》してる？

もしこのまま、目覚《めざ》めるまでの時間《じかん》がどんどんのびていったら……。

「実行委員《じっこういいん》の担当《たんとう》の地井川先生《ちいかわせんせい》に話《はな》したら、今日《きょう》の集《あつ》まりは中止《ちゅうし》にするって。地井川先生《ちいかわせんせい》、昨日《きのう》、応援団《おうえんだん》でも同《おな》じようなことがあったって知《し》って、すぐに応援団長《おうえんだんちょう》に話《はなし》を聞《き》くことになって、応援《おうえん》団《だん》の練習《れんしゅう》も今日《きょう》は中止《ちゅうし》になった」

尊《たける》はそこまで話《はな》すと、行成《ゆきなり》のとなりの席《せき》に腰《こし》を下《お》ろして、机《つくえ》にうつぶせになった。

「……どんな悪霊《あくりょう》か知《し》らねーけど、この時期《じき》によけいなことしやがって……」

はーっと大《おお》きなため息《いき》をつく尊《たける》の頭《あたま》を、行成《ゆきなり》がポンポンとはげますようにたたく。

体育祭《たいいくさい》に向《む》けて、せっかく燃《も》えてたのにね……。

窓《まど》の外《そと》の雨《あめ》はいっそう激《はげ》しくなってきて、まだしばらくは止《や》みそうになかった。

4 尊《たける》を尾行《びこう》!? 意外《いがい》な事実《じじつ》?

日曜日《にちようび》。わたしは若葉《わかば》ちゃんと、近所《きんじょ》の商店街《しょうてんがい》にきていた。

ドーナツショップで、漣《れん》くんが所属《しょぞく》するアイドルグループ『インペリアル』のコラボが始《はじ》まって、商品《しょうひん》を買《か》うと特典《とくてん》コースターがもらえるんだ。

特典《とくてん》コースターは外《そと》からは見《み》えないようにランダムに袋《ふくろ》に入《はい》ってるから、若葉《わかば》ちゃんにもドーナツを買《か》うのを協力《きょうりょく》してもらって、これからまさに、特典《とくてん》を開封《かいふう》するところ!

「あっ、まなみ。漣《れん》くん出《で》たよ!」

「うわあああああ、ありがとう若葉《わかば》ちゃん!」

大勝利《だいしょうり》ー! とベンチで飛《と》びあがると同時《どうじ》に、ボン! と子猫《こねこ》の姿《すがた》になるわたし。

こうなった時《とき》のために、ドーナツショップじゃなくてひとけの少《すく》ない公園《こうえん》に移動《いどう》してから、開《かい》封《ふう》したんだよね。

「あ〜、漣《れん》くんのこのショット、神《かみ》ってる……当《あ》ててくれて、感謝感激雨《かんしゃかんげきあめ》アラレだよ」

ベンチに座《すわ》る若葉《わかば》ちゃんのひざに頭《あたま》をグリグリすると、若葉《わかば》ちゃんはやさしく子猫《こねこ》の体《からだ》をなでてくれた。自然《しぜん》にゴロゴロとのどが鳴《な》る。

「よかったね。この後《あと》はどうする？」

「そうだな～……あれ、尊《たける》？」

はなれた道路《どうろ》の方《ほう》に目《め》をやると、黒《くろ》のキャップを深《ふか》めにかぶった尊《たける》が歩《ある》いていた。

尊《たける》は明《あか》るい色《いろ》が好《す》きなのに、めずらしく全身《ぜんしん》モノトーンのコーデで、いつもと雰囲気《ふんいき》がちがって見《み》える。

向《む》こうは気《き》づいてないから、かけよって声《こえ》をかけようかと思《おも》ったけど、ふと、イタズラ心《ごころ》がわいてきた。

「よし、尾行《びこう》してみよう！」

「えっ、なんで？」

「ヒマつぶしに、探偵《たんてい》ごっこ。尊《たける》がどこに行《い》くのか、追跡《ついせき》しちゃおう」

わたしが猫《ねこ》の姿《すがた》のまま動《うご》きだすと、若葉《わかば》ちゃんも「しかたないな」というようすでついてきた。

こっそりついていくのは、ちょっとスリルがあってワクワクする。

電柱《でんちゅう》のかげにかくれて尊《たける》の後《あと》を追《お》ったけど、すぐに尊《たける》はバス停《てい》で立《た》ちどまった。

「バスに乗《の》られると、きびしいね」

若葉《わかば》ちゃんがささやく。

猫《ねこ》のわたしはバスに乗《の》れない。変身《へんしん》してまだ五分《ふん》くらいしか経《た》ってないし……。

「よし、若葉《わかば》ちゃんも変身《へんしん》して」

「へ？」

「早《はや》く、お願《ねが》い」

わたしの言葉《ことば》に、若葉《わかば》ちゃんは不思議《ふしぎ》そうな顔《かお》をしつつも物《もの》かげに入《はい》って、ボン！　と変身《へんしん》。

ちょうどバスが来《き》て、尊《たける》が中《なか》に乗《の》りこむ。

「若葉《わかば》ちゃんはわたしの背中《せなか》に乗《の》って、しっかりつかまって」

「ええっ⁉」

バスが出発《しゅっぱつ》する。

猫《ねこ》のわたしはハムスターの若葉《わかば》ちゃんを背中《せなか》に乗《の》せて、勢《いきお》いよく歩道《ほどう》を走《はし》りだした！

ぐんぐんと風《かぜ》を切《き》って、まわりの景色《けしき》が後《うし》ろへ流《なが》れていく。

猫《ねこ》の走《はし》りなら、信号《しんごう》で停《と》まりながら町中《まちなか》を走《はし》るバスにもついていけた。

「……えっ」「今《いま》、猫《ねこ》の背中《せなか》にハムスター乗《の》ってなかった⁉」

なんて、すれちがった人《ひと》たちにはおどろかれたけど。

やがて、いくつめかのバス停《てい》で尊《たける》が降《お》りてきた！

さっと電柱《でんちゅう》にかくれたところで、ボン！　とわたしだけ姿《すがた》がもどる。

「スリルありすぎ……」

「ごめんごめん」

ふらふらになっているハムスターの若葉《わかば》ちゃんを手《て》のひらにのせながら、謝《あやま》る。

「でも、変身解《へんしんと》ける前《まえ》について良《よ》かった～。尊《たける》の目的地《もくてきち》は――」

市《し》の総合《そうごう》スポーツセンターの体育館《たいいくかん》？

入《い》り口《ぐち》には、「風ノ宮市中学校《かぜのみやしちゅうがっこう》バスケットボール大会《たいかい》」と書《か》かれた紙《かみ》がはられていた。


体育館《たいいくかん》に入《はい》ると、ちょうどうちのバスケ部《ぶ》が試合《しあい》をやっていた。

十一点差《てんさ》で負《ま》けてる。

尊《たける》は観客席《かんきゃくせき》のハジの方《ほう》に腰《こし》をおろすと、試合《しあい》のようすを真剣《しんけん》に観戦《かんせん》していた。

「バスケ部《ぶ》のことが気《き》になるんだね」

柱《はしら》のかげから尊《たける》を見《み》つめながら、人間《にんげん》にもどった若葉《わかば》ちゃんが言《い》う。

「うん……見《み》にきてることがバレないように、目立《めだ》ちにくい格好《かっこう》してたんだ。先輩《せんぱい》たちとの関《かん》係《けい》は悪《わる》くなさそうだったけど……」

「尊《たける》、入部《にゅうぶ》してすぐレギュラーになったでしょ。なのにすぐ休部《きゅうぶ》したから、杉先輩《すぎせんぱい》みたいに、尊《たける》のことをよく思《おも》わない人《ひと》は、他《ほか》にもいるのかも」

「……そっか……」

自分《じぶん》をきらう人《ひと》がいるから、カゲ口《ぐち》を言《い》われないようにいつもとちがう格好《かっこう》をするというのは、ちょっと尊《たける》らしくない気《き》がするけど……尊《たける》がバスケ部《ぶ》でそんなフクザツな立場《たちば》になってたなんて、全然《ぜんぜん》知《し》らなかった。

試合結果《しあいけっか》は、朝倉先輩《あさくらせんぱい》が走《はし》りまわってがんばっていたけど、どんどん点差《てんさ》がついて、風ノ宮《かぜのみや》中《ちゅう》の完敗《かんぱい》だった。

尊《たける》はときどき体《からだ》を前《まえ》に乗《の》りだしながら、くやしそうに、もどかしそうに、くちびるをかみしめて見守《みまも》っていた。

終了《しゅうりょう》のホイッスルが鳴《な》ると、尊《たける》は立《た》ちあがり、まっすぐこっちの出口《でぐち》の方《ほう》へと歩《ある》いてくる。

わたしと若葉《わかば》ちゃんは大《おお》きな柱《はしら》の後《うし》ろに回《まわ》りこんでかくれていたけど、

「まなみ、若葉《わかば》。オレは帰《かえ》るから」

尊《たける》に呼《よ》ばれて、ギョッとした。

「やっぱ気《き》づいてたか……」

若葉《わかば》ちゃんは予想《よそう》してたみたいで、苦笑《にがわら》いしながら出《で》ていく。

「えっ、そうなの⁉　尊《たける》、いつから気《き》づいてた⁉」

「バス降《お》りて、体育館入《たいいくかんはい》るまでに、よく知《し》ってるニオイがついてきてる気《き》がしてた。観客席《かんきゃくせき》についたら位置《いち》も特定《とくてい》できたけど、めんどうだからほっといた」

そっか、尊《たける》は犬《いぬ》の鼻《はな》があるから、変身《へんしん》した時《とき》ほどじゃなくても、ニオイにビンカンなんだ。

「なんだ〜。コソコソしてた意味《いみ》なかったな」

「何《なに》、人《ひと》の後《あと》つけてんだよ。悪《あく》シュミ」

「尊《たける》が変装《へんそう》してどこか行《い》くのを見《み》かけたから、気《き》になって。試合《しあい》の応援《おうえん》にきたんだね」

「ただのヒマつぶし。変装《へんそう》っていうか、地井川先生《ちいかわせんせい》に見《み》つかるとまたうるさそうだから、目立《めだ》たないようにしただけ。応援《おうえん》とかもしてないし」

「してたでしょ。心《こころ》の中《なか》で、いっぱい」

わたしが言《い》うと、尊《たける》は目《め》を少《すこ》しみはってから、口元《くちもと》を引《ひ》きむすび、歩《ある》きだした。

「……おまえらといると目立《めだ》つから、ついてくんなよ」

そう言《い》って、一人《ひとり》でさっさと行《い》ってしまった。


「……やっぱり尊《たける》、ほんとはバスケがやりたいんだろうね」

トイレの洗面所《せんめんじょ》で手《て》を洗《あら》いながら、わたしが言《い》うと、若葉《わかば》ちゃんもうなずいた。

「そうだね。早《はや》く復帰《ふっき》できたらいいけど……」

二人《ふたり》でしんみりしながら、トイレから出《で》ようとしたところで。

「あーあ、神崎《かんざき》がいればなあ」

そんな声《こえ》が聞《き》こえて、思《おも》わず足《あし》が止《と》まった。

「今《いま》さら言《い》っても仕方《しかた》ないだろ」

「でも、あいつ、もうチームの攻撃《こうげき》の要《かなめ》になってたじゃん？　もどってこねーかなぁ……」

出口《でぐち》からそっとのぞき見《み》ると、うちのバスケ部員《ぶいん》たちが、近《ちか》くにたまって話《はな》していた。

「もどってこないだろ。レギュラーになってすぐ休部《きゅうぶ》なんて、バスケなめてる」

さっきの試合《しあい》では補欠《ほけつ》としてベンチにいた先輩《せんぱい》が、ぶっきらぼうにそう言《い》った。

やっぱりそう思《おも》う人《ひと》もいるんだ……そんなんじゃないのに。

「なめてる感《かん》じはしなかったけど……」

「バスケはなめてねーかもしれないけど、おれたちはなめられてるぜ」

はき捨《す》てるようにそう言《い》ったのは、こないだ尊《たける》とすれちがったときにフキゲンそうだった、杉《すぎ》先輩《せんぱい》。

「あいつ、おれたちみたいなザコといっしょにバスケやるなんてバカらしい、って話《はな》してたらしいぜ」

えっ⁉

思《おも》いもよらない言葉《ことば》に、若葉《わかば》ちゃんと顔《かお》を見合《みあ》わせるわたし。

「表向《おもてむ》きはそうは見《み》えなくても、内心《ないしん》はヘタクソってあざ笑《わら》ってたんだ。神崎《かんざき》って実《じつ》はすげーウラオモテが激《はげ》しくて、ワガママで嫌《いや》なやつだって一部《いちぶ》では有名《ゆうめい》だし」

杉先輩《すぎせんぱい》は、さらにそんなことまで言《い》った。

「マジか……」

「ナマイキそうに見《み》えて、いいやつだと思《おも》ってたのに」

「休部《きゅうぶ》の理由《りゆう》をノーコメントって言《い》ってたの、そういうわけだったのか……？」

ざわつくバスケ部員《ぶいん》たち。

そ、そんなわけないじゃん！

尊《たける》がそんなこと、言《い》うわけない。

尊《たける》はたしかに口《くち》が悪《わる》いけど、カゲ口《ぐち》は絶対《ぜったい》言《い》わないし、ウラオモテなんてない。

尊《たける》と仲《なか》のいい同学年《どうがくねん》がいれば否定《ひてい》してくれただろうけど、ここにいるのは二、三年《ねん》の先輩《せんぱい》たちだけみたいだった。

こんなの、ゆるせない！

「ウソばっかり言《い》わないで！」と、飛《と》びだそうとしたその時《とき》。

「風ノ宮中《かぜのみやちゅう》バスケ部《ぶ》集合《しゅうごう》！　帰《かえ》るぞー！」

地井川先生《ちいかわせんせい》の大声《おおごえ》がして、わたしはビックリして足《あし》を止《と》める。

バスケ部《ぶ》はぞろぞろと移動《いどう》していった。

……否定《ひてい》するタイミングをのがしちゃった……。

バスケ部《ぶ》の人《ひと》たち、あんなデマ、本気《ほんき》で信《しん》じちゃうことないよね……？

5 いやしのモフモフ黒柴《くろしば》

モヤモヤしつつも、週《しゅう》が明《あ》けて、何事《なにごと》もなく過《す》ぎた。

水曜日《すいようび》の昼休《ひるやす》み。体育祭《たいいくさい》の競技《きょうぎ》の一つ、クラス対抗《たいこう》・大《おお》なわとびの練習《れんしゅう》をすることになった。

大《おお》なわを出《だ》そうと、校庭《こうてい》にある体育倉庫《たいいくそうこ》のトビラを開《あ》けた時《とき》、若葉《わかば》ちゃんがつぶやいた。

「……なんか、イヤな感《かん》じがする……」

「えっ」

「ここに近《ちか》づいてくる時《とき》に、ヘンな感《かん》じがしてたの」

そう話《はな》す若葉《わかば》ちゃんの顔色《かおいろ》は、いつのまにか青白《あおじろ》くなっていた。

若葉《わかば》ちゃんは霊感《れいかん》が強《つよ》いんだよね。

初《はじ》めて悪霊化《あくりょうか》した透明犬《とうめいけん》に出会《であ》った時《とき》も、だれより早《はや》く反応《はんのう》してた。

「きっと、ここに何《なに》か…………あれだ！」

注意深《ちゅういぶか》く倉庫《そうこ》を見《み》まわしていた若葉《わかば》ちゃんは、玉入《たまい》れのカゴを指《ゆび》さした。

見《み》るとカゴの中《なか》に、毒々《どくどく》しい紫《むらさき》に黒《くろ》のマダラもようの、あの卵《たまご》が入《はい》ってる！

「若葉《わかば》ちゃん、アレだよ、アレが割《わ》れると眠《ねむ》っちゃうの！」

「ど、どうしよう!?　このままにはしておけないよね？」

二人《ふたり》であせっていたら、他《ほか》のクラスメートが倉庫《そうこ》に入《はい》ってきた。

「ねえ、どうしたの？」

「大《おお》なわ見《み》つかった？」

「ストーップ！」

思《おも》わず大声《おおごえ》をあげるわたし。

「はい、オーライオーライ。下《さ》がって下《さ》がって～」

両手《りょうて》を広《ひろ》げて、クラスメートたちを倉庫《そうこ》から外《そと》に出《だ》す。

とりあえず、この場所《ばしょ》からみんなを遠《とお》ざけなきゃ！

「何《なに》？」

「どうしたの、まなみ？」

「えーと、ちょっと中《なか》はキケンっていうか」

「どういう意味《いみ》？」

みんなには見《み》えない悪霊《あくりょう》の卵《たまご》がある、なんて説明《せつめい》できない。あー、どうしよう⁉

「その、アレを見《み》つけちゃったんだよね」

「アレ？」

「うー。えーと、その……」

「何《なん》だ。はっきりしろよ」

テンパっているせいか、うまい言《い》いわけが思《おも》いつかずにこまっていたら、「もしかして」とよく知《し》ってる声《こえ》がした。

「名前《なまえ》を口《くち》にするのもおぞましい、あの闇《やみ》にひそむ黒《くろ》い高速生命体《こうそくせいめいたい》か」

「そう！　そうなの！」

いつのまにか近《ちか》くにきていた行成《ゆきなり》に同意《どうい》したとたん、クラスメートたちがザザッと後《あと》ずさった。

「やだー」「今日《きょう》の練習《れんしゅう》は中止《ちゅうし》にしよう」とはなれていくクラスメートたち。

「ホッ……ありがとう、行成《ゆきなり》」

「ちょうど通《とお》りかかったから。中《なか》に何《なに》かあったのか？」

「うん、例《れい》の卵《たまご》を見《み》つけたの」

話《はな》していたら、若葉《わかば》ちゃんが出《で》てきた。

「とりあえず、ティッシュでくるんで持《も》ってきたけど、どうしよう？」

「……その一、ひとけのないところで割《わ》る。その二、土《つち》にうめる。その三、水《みず》にしずめる。その四、じょうぶな袋《ふくろ》などに入《い》れて保管《ほかん》する」

指《ゆび》を一本《ぽん》ずつ立《た》てながら、行成《ゆきなり》が立《た》てつづけに案《あん》を出《だ》す。

「すごい、いろんな方法《ほうほう》があるね！」

「ざっと思《おも》いついただけ。どれが正解《せいかい》か、そもそも正解《せいかい》があるかもわからないが」

いつもどおり冷静《れいせい》な行成《ゆきなり》のおかげで、わたしと若葉《わかば》ちゃんも、少《すこ》し落《お》ちついてきた。

「どうするにしても、場所《ばしょ》を変《か》えて話《はな》し合《あ》ったほうがいいよね」

卵《たまご》を両手《りょうて》に持《も》った若葉《わかば》ちゃんが言《い》うと、行成《ゆきなり》はうなずいた。

「そうだな。この時間《じかん》、武道場付近《ぶどうじょうふきん》なら人《ひと》はいないだろう。割《わ》らないようにくれぐれも気《き》をつけながら、そっちに持《も》っていってくれるか？　俺《おれ》は尊《たける》と合流《ごうりゅう》して、使《つか》えそうなものを探《さが》してくる」

それだけ言《い》いのこすと、校舎《こうしゃ》へと走《はし》っていく行成《ゆきなり》。

わたしと若葉《わかば》ちゃんは、卵《たまご》にショーゲキをあたえないようにしんちょうに、校舎《こうしゃ》をはさんで校《こう》庭《てい》とは反対側《はんたいがわ》にある武道場《ぶどうじょう》へと向《む》かった。

人《ひと》とすれちがいそうになったら、わたしが間《あいだ》に入《はい》って若葉《わかば》ちゃんにはぶつからないようにガードしたり。段差《だんさ》に気《き》づいたら、若葉《わかば》ちゃんに声《こえ》かけしたり。

曲《ま》がり角《かど》ではまずわたしが先《さき》に行《い》って、出会《であ》いがしらのショートツを予防《よぼう》したり。

ずっと気《き》を張《は》っていたから、武道場《ぶどうじょう》にたどりついた時《とき》には、大《おお》きなため息《いき》がでちゃった。

「はあ……ちょっとしたボディガード気分《きぶん》だよ」

「ほんとに。とにかく、卵《たまご》を無事《ぶじ》に運《はこ》べてよかったね」

武道場《ぶどうじょう》の入《い》り口《ぐち》はカギがしめられていて、あたりは予想《よそう》どおり、わたしたち以外《いがい》にはだれもいなかった。

入《い》り口《ぐち》の近《ちか》くで待《ま》っていたら、やがて、行成《ゆきなり》と、黒《くろ》い柴犬《しばいぬ》に変身《へんしん》した尊《たける》がやってきた。

「尊《たける》、どうして犬《いぬ》になってるの!?」

「オトリ作戦《さくせん》で必要《ひつよう》だったから」

オトリ作戦《さくせん》？

「これを手《て》に入《い》れるために、変身《へんしん》してもらった」

そう言《い》いながら行成《ゆきなり》が手提《てさ》げ袋《ぶくろ》から出《だ》してみせたのは、キズを消毒《しょうどく》する時《とき》に使《つか》うような、箱《はこ》に入《はい》った医療用《いりょうよう》のわた？

キョトンとするわたしたちに、行成《ゆきなり》は片手《かたて》をさしだした。

「あとで説明《せつめい》する。若葉《わかば》、卵《たまご》を」

若葉《わかば》ちゃんがティッシュにくるんだ卵《たまご》をわたすと、行成《ゆきなり》はティッシュをはずして、卵《たまご》を犬《いぬ》の尊《たける》の鼻先《はなさき》に持《も》っていく。

「ニオイをおぼえられるか？」

しばらくクンクンと卵《たまご》をかいでいた黒柴《くろしば》は、首《くび》をふるふると横《よこ》にふった。

「ダメだ。なんのニオイもしない。悪霊《あくりょう》って無臭《むしゅう》だから、この卵《たまご》も同《おな》じカンジ」

「そうか……悪霊《あくりょう》がついている物《もの》か人物《じんぶつ》のニオイも、卵《たまご》にはうつらないんだな」

少《すこ》し残念《ざんねん》そうにそう言《い》うと、行成《ゆきなり》は卵《たまご》をまた若葉《わかば》ちゃんに返《かえ》す。

そして、さっきの医療用《いりょうよう》のわたの箱《はこ》のふたを開《あ》け、中《なか》のわたを少《すこ》しとりだした。

「この後《あと》、卵《たまご》をひとけのない場所《ばしょ》で割《わ》るにしてもうめるにしても、今《いま》すぐにはムリだろう。このままだと危《あぶ》なっかしいから、ひとまずうっかり割《わ》ったりしないように――」

行成《ゆきなり》はそう話《はな》しながら、医療用《いりょうよう》のわたがつまった箱《はこ》の真《ま》ん中《なか》に卵《たまご》を入《い》れて、上《うえ》からまたわたをかぶせると、箱《はこ》のふたを閉《し》めた。

「こうしておく」

「なるほど、わたは緩衝材《かんしょうざい》……卵《たまご》を守《まも》るために用意《ようい》したんだね」

若葉《わかば》ちゃんの言葉《ことば》に、うなずく行成《ゆきなり》。

「保健室《ほけんしつ》から持《も》ってきたの？　よくこんなに分《わ》けてもらえたね」

「保健《ほけん》の先生《せんせい》は大《だい》の犬好《いぬず》きで有名《ゆうめい》だから、尊《たける》に変身《へんしん》してもらって、廊下《ろうか》におびきよせたんだ。先《せん》生《せい》がわんこにメロメロになっている間《あいだ》に、俺《おれ》が保健室《ほけんしつ》に忍《しの》びこんで、このわたを借《か》りてきた」

「あー、オトリ作戦《さくせん》ってそういうことか！」

思《おも》わず両手《りょうて》を打《う》つわたし。

この黒柴《くろしば》のかわいさは、犬好《いぬず》きなら脳《のう》がとけるレベルだからね！

「さらに万《まん》が一《いち》、割《わ》れた時《とき》のために、これも袋《ふくろ》に入《い》れておこう……付《つ》け焼《や》き刃《ば》かもしれないが」

行成《ゆきなり》は手提《てさ》げ袋《ぶくろ》から、今度《こんど》は透明《とうめい》のポリ袋《ぶくろ》を出《だ》して、その中《なか》に箱《はこ》を入《い》れて、袋《ふくろ》の口《くち》を輪《わ》ゴムでギチギチにしばった。

「この袋《ふくろ》はどこから？」

「家庭科室《かていかしつ》にあった、調理用《ちょうりよう》ポリ袋《ぶくろ》。これ、同《おな》じメーカーのやつを家《うち》でも使《つか》ってるけど、破《やぶ》れにくくて熱《ねつ》にも強《つよ》くてニオイをもらさない、この種《しゅ》のポリ袋《ぶくろ》じゃ一番《いちばん》がんじょうなやつだぜ」

しっぽをぶんぶんと振《ふ》りながら、尊《たける》が解説《かいせつ》してくれる。

「なるほど……家事《かじ》マスター尊《たける》のおスミつきの、じょうぶな袋《ふくろ》なんだね」

「……おい、うなずきながら、なんでオレの頭《あたま》をなでるんだ」

「いやー、かわいいモフモフを見《み》てたら、自然《しぜん》と……さっきまで卵《たまご》を割《わ》らないようにキンチョーしっぱなしだったから、いやされる～」

黒柴《くろしば》のふわふわの毛並《けな》みになごみながらそう言《い》ったところで、若葉《わかば》ちゃんがこっちをじっと見《み》てるのに気《き》づいた。

「若葉《わかば》ちゃんは卵《たまご》を持《も》ってたから、わたしよりももっとキンチョーしたよね。さわってさわって」

「えっ……私《わたし》もいいの？」

「もちろん！　エンリョは無用《むよう》だよ～」

「なんでまなみが答《こた》えるんだ。まー、いい。保《ほ》健《けん》の先生《せんせい》もメロメロにしたこの傾国犬《けいこくけん》のなで心地《ごこち》を、若葉《わかば》も味《あじ》わうがいい」

尊《たける》がOK《オーケー》を出《だ》すと、若葉《わかば》ちゃんは少《すこ》しほおを

染《そ》めながら、そっと犬《いぬ》の体《からだ》に手《て》をのばした。

「……わ。ふわふわ……やわらかくてあったかくて、幸《しあわ》せ〜」

「ね〜！　心《こころ》のコリがほぐされるよね〜」

「アニマルセラピーに夢中《むちゅう》になってるところ悪《わる》いが、話《はなし》の続《つづ》きをしていいか？」

行成《ゆきなり》に言《い》われて、ハッとわれに返《かえ》った。

「ごめん、どうぞどうぞ」

「そろそろ昼休《ひるやす》みも終《お》わるし、とりあえずコレは周囲《しゅうい》に人《ひと》がいない場所《ばしょ》にかくしておこう。思《おも》いついたのは旧校舎《きゅうこうしゃ》の屋上《おくじょう》だが……」

「旧校舎《きゅうこうしゃ》の屋上《おくじょう》ってカギがかかってるよな？」

「だからめったに人《ひと》が来《こ》なくていいだろう。俺《おれ》だったらタカになって持《も》っていくことができる」

「なるほど！」

「よく考《かんが》えたな！」

わたしと尊《たける》は感心《かんしん》したけど、若葉《わかば》ちゃんは首《くび》をひねった。

「いいアイディアだと思《おも》うけど、一度《いちど》変身《へんしん》すると体力《たいりょく》が回復《かいふく》するまでは変身《へんしん》できないから、気軽《きがる》に持《も》ちはこべないのがネックかな？」

「そうなんだ。悪天候《あくてんこう》にも弱《よわ》い。だからもっといい場所《ばしょ》があるならそっちにしよう」

そう言《い》われたけど、行成《ゆきなり》みたいにはポンポンとアイディアを思《おも》いつかない。

今日明日《きょうあす》は天気《てんき》が良《い》いみたいだから、結局《けっきょく》、タカになって、屋上《おくじょう》に置《お》いてもらうことになった。

行成《ゆきなり》がハチの巣《す》の写真《しゃしん》を見《み》て、タカになった直後《ちょくご》、尊《たける》がボン！　と人間《にんげん》の姿《すがた》にもどる。

ほぼ同時《どうじ》に、昼休《ひるやす》みの終《お》わりのチャイムが鳴《な》った。

「尊《たける》、この後《あと》のそうじはサボることになるから、フォローたのむ」

「りょうかい」

尊《たける》が親指《おやゆび》を立《た》てると、行成《ゆきなり》はクチバシで箱《はこ》が入《はい》った袋《ふくろ》の口《くち》をはさみ、バサッと空《そら》に羽《は》ばたいた。

「なんだか、赤《あか》ちゃんを運《はこ》ぶコウノトリみたいだね」

「運《はこ》んでるのはキケン物《ぶつ》だけどね……」

「にしても、よくあんなに思《おも》いつくもんだ。行成《ゆきなり》はほんと賢《かしこ》いよなー」

感心《かんしん》したようにつぶやく尊《たける》に、うんうんとみんなでうなずきながら歩《ある》きだす。

少《すこ》しして、タカがもどってきた。

「もう置《お》いてきたのか。早《はや》いな」

「ああ、屋上《おくじょう》の出入《でい》り口《ぐち》のひさしの下《した》に置《お》いてきた。ただ、一つ見落《みお》としていたことがあった」

尊《たける》の差《さ》しだした腕《うで》にとまって、行成《ゆきなり》が言《い》う。

見落《みお》としていたこと？

「今日《きょう》の六時間目《じかんめ》は、プールだった。悪《わる》い」

さっき黒柴《くろしば》に変身《へんしん》したばかりの尊《たける》。

変身《へんしん》した後《あと》は、マラソン大会《たいかい》に参加《さんか》した後《あと》くらいつかれるんだ。

プールに加《くわ》えて、尊《たける》は放課後《ほうかご》に応援団《おうえんだん》か実行委員《じっこういいん》もあるはずで……

「なんだよこのスパルタメニュー!?　気軽《きがる》に変身《へんしん》させやがって……こら、行成《ゆきなり》ー！」

尊《たける》のさけびがとどろき、タカはさっと逃《に》げるように、再《ふたた》び大空《おおぞら》へと舞《ま》いあがった――。

❻ 行成《ゆきなり》のお茶《ちゃ》は格別《かくべつ》

放課後《ほうかご》、応援団《おうえんだん》の練習《れんしゅう》がある尊《たける》以外《いがい》の三人《にん》で、卵《たまご》をどうするかの話《はな》し合《あ》いをすることにした。

「ちょうどいい場所《ばしょ》を借《か》りたから、そこで話《はな》そう」

そう言《い》って行成《ゆきなり》に連《つ》れていかれたのは、茶道部《さどうぶ》の部室《ぶしつ》。

入《い》り口《ぐち》はふつうの教室《きょうしつ》っぽいのに、中《なか》に入《はい》るとたたみが敷《し》いてあるのがおもしろい。

「茶道部《さどうぶ》の部長《ぶちょう》がうちの門下生《もんかせい》なんだ。文化祭《ぶんかさい》でお茶《ちゃ》を点《た》てるのと引《ひ》きかえに、部活《ぶかつ》がない日《ひ》はここを貸《か》してもらえることになった」

「おお、これが家元《いえもと》の息子《むすこ》の人脈《じんみゃく》と権力《けんりょく》！」

「大《おお》げさ」

たたみに腰《こし》をおろした行成《ゆきなり》は、いつもどおりクールな表情《ひょうじょう》だけど、ちょっとつかれているように見《み》えた。さすがに変身後《へんしんご》のプールはこたえるみたい。

変身《へんしん》してないわたしと若葉《わかば》ちゃんも六時間目《じかんめ》は体育《たいいく》で走《はし》らされて、プールほどじゃなくてもつかれを感《かん》じていた。……ドンマイ、尊《たける》……。

「ここならまわりも気《き》にしなくていいし、便利《べんり》だね！」

「つかれてるのに、場所《ばしょ》の手配《てはい》までありがとう、行成《ゆきなり》。それじゃあ、一つずつ、考《かん》えていこうか」

その一、ひとけのないところで割《わ》る。

「わたしたちのだれかが卵《たまご》を持《も》っていって、息《いき》を止《と》めて、割《わ》ったらすぐに逃《に》げて……って感《かん》じかな？」

「卵《たまご》の力《ちから》が強《つよ》まっているから、もし逃《に》げおくれたらって思《おも》うと、ちょっとこわいね。……袋《ふくろ》に入《い》れたまま割《わ》る、ってのはどうかな？」

「卵《たまご》が割《わ》れると麻酔《ますい》ガスみたいなものが出《で》てるとしたら、割《わ》れた瞬間《しゅんかん》にガスがふくらんで、袋《ふくろ》が破裂《はれつ》するかもしれない」

……ってことは、今屋上《いまおくじょう》で保管《ほかん》してる袋《ふくろ》も、もし卵《たまご》が割《わ》れたらやぶれるかもってことか。

その二、土《つち》にうめる。

「缶《かん》とかに入《い》れて土《つち》の重《おも》さで割《わ》れないようにしたらどうかな？　場所《ばしょ》は、公園《こうえん》……だと不法投棄《ふほうとうき》か。家《いえ》の庭《にわ》？」

「えたいのしれない卵《たまご》が家《いえ》の庭《にわ》にうまってるの、イヤかも……」

その三、水《みず》にしずめる。

「これも場所《ばしょ》が問題《もんだい》だな。あと、えたいのしれないものを捨《す》てるのは環境《かんきょう》を破壊《はかい》する危険《きけん》がある
から、さけた方《ほう》がいい気《き》がする」

その四、じょうぶな袋《ふくろ》などに入《い》れて保管《ほかん》する。

「これ、今《いま》の状態《じょうたい》だよね。結局《けっきょく》、ようすを見《み》るしかないのかな？」

「うん……でも、こわいこと想像《そうぞう》しちゃった。これ、卵《たまご》でしょ？　しばらく置《お》いてたら、自然《しぜん》と
割《わ》れて、よくないものが生《う》まれたりしないかな……？」

若葉《わかば》ちゃんの言葉《ことば》に、ゾッとした。

「悪霊《あくりょう》の赤《あか》ちゃん……!?　それは、会《あ》いたくないね」

「――可能性《かのうせい》はある。卵《たまご》を安全《あんぜん》に保管《ほかん》できる保証《ほしょう》はないし、できるならすみやかに処理《しょり》したいな。

もう一度《いちど》最初《さいしょ》から、いい方法《ほうほう》がないか、考《かんが》えなおしてみよう」

その一、ひとけのないところで割《わ》る（再《さい》）。

「俺《おれ》がタカになって、旧校舎《きゅうこうしゃ》の屋上《おくじょう》の、空《そら》の上《うえ》から卵《たまご》を落《お》とすというのはどうだろう」

「あっ、おもしろいかも！」

それならあらかじめ、卵《たまご》から距離《きょり》がとれるもんね。

わたしは手《て》をたたいたけど、若葉《わかば》ちゃんは、「うーん」と、まゆをよせた。

「万《まん》が一《いち》、卵《たまご》から出《で》るガスが軽《かる》くて上《うえ》にのぼっていく性質《せいしつ》があったら、行成《ゆきなり》があぶなくない？」

「俺《おれ》は卵《たまご》を落《お》としたら、すぐその場《ば》から高速《こうそく》で移動《いどう》する。タカの飛行能力《ひこうのうりょく》なら問題《もんだい》ないはずだ」

「……それなら、だいじょうぶかな」

「今夜《こんや》にでも、決行《けっこう》しよう。今《いま》はまだ変身《へんしん》する体力《たいりょく》がもどっていないし、念《ねん》のために校内《こうない》に人《ひと》が少《すく》なくなってからの方《ほう》がいいだろう」

——ということで、タカになった行成《ゆきなり》に、夜《よる》の旧校舎《きゅうこうしゃ》の屋上《おくじょう》で、高《たか》いところから卵《たまご》を落《お》として割《わ》ってもらうことになった。

「アタマ使《つか》いすぎてつかれたー……といっても、わたしはなんのアイディアも出《だ》せてないけど」

たたみにゴローンとあおむけに寝《ね》ころがるわたし。

「そんなことないよ、おつかれさま。非常食《ひじょうしょく》に持《も》ちあるいてるチョコ、食《た》べる？　……あ、お借《か》りしてる部室《ぶしつ》でこういうのはやめたほうがいいかな」

「茶道部《さどうぶ》はお茶菓子《ちゃがし》を食《た》べてるし、これくらいならいいんじゃないか」

「えっ、茶道部《さどうぶ》ってそうなの!?　わたしも茶道部入《さどうぶはい》ろうかな〜」

「まなみ……」

「あるものは好《す》きに使《つか》っていいと言《い》われたから、一服《いっぷく》するか」

そう言《い》うと行成《ゆきなり》は、ポットでお湯《ゆ》をわかして、お茶道具《ちゃどうぐ》を用意《ようい》する。

「行成《ゆきなり》、つかれてるでしょ。そこまでしなくていいよ」

「俺《おれ》が飲《の》みたいだけ。楽《らく》な方法《ほうほう》で点《た》てるし」

楽《らく》な方法《ほうほう》、と言《い》いつつ、行成《ゆきなり》はきちんと正座《せいざ》して、専用《せんよう》の布《ぬの》でお茶道具《ちゃどうぐ》をていねいにふいてから、茶《ちゃ》わんに小《ちい》さなスプーンのような茶杓《ちゃしゃく》で抹茶《まっちゃ》の粉《こな》を入《い》れ、ちょうどいい温度《おんど》にした湯冷《ゆざ》ましのお湯《ゆ》を注《そそ》ぐ。

そして、あわ立《だ》て器《き》のような竹《たけ》の茶筅《ちゃせん》で、しずかにお茶《ちゃ》を点《た》てはじめた。

何気《なにげ》ないけど、ムダがなく流《なが》れるような動作《どうさ》で、いつ見《み》てもキレイだな……。

お茶《ちゃ》を点《た》ててる時《とき》の行成《ゆきなり》は、凛《りん》として澄《す》んだ空気《くうき》をまとってるような感《かん》じがして、目《め》が吸《す》いよせられるんだ。

「どうぞ」

朝《あさ》の光《ひかり》が差《さ》しこむ、青々《あおあお》とまっすぐにのびた立派《りっぱ》な竹林《たけばやし》にいるみたいな感覚《かんかく》になる。

「ありがとう！　お茶《ちゃ》わん、二回《かい》まわすんだっけ？」

「そう。でも、作法《さほう》は気《き》にしないでいい」

抹茶《まっちゃ》はふんわりとあわが立《た》っていて、イヤな苦《にが》みがなくて、いい香《かお》り！

「おいしい〜。はあ〜、天国《てんごく》ですなあ……」

ふやけた顔《かお》で感想《かんそう》をもらすと、ふっ、と行成《ゆきなり》のほおがゆるんだ。

「あ、こういう時《とき》は『けっこうなお手前《てまえ》で』って言《い》うんだっけ？」

「いや、格式《かくしき》ばった言葉《ことば》より、素直《すなお》にほめてもらったほうがうれしい」

「本当《ほんとう》に、おいしいよね。私《わたし》、ラテとかじゃない抹茶《まっちゃ》は苦手《にがて》だけど、行成《ゆきなり》の点《た》てたお茶《ちゃ》は別《べつ》」

「わかる！　チョコも合《あ》うよー、ごちそうさま」

しばらく三人《にん》でのんびりお茶《ちゃ》タイム。

「——そういえば日曜日《にちようび》、若葉《わかば》ちゃんと出《で》かけてたら、尊《たける》を見《み》かけてね……」

試合《しあい》の後《あと》、バスケ部《ぶ》で杉先輩《すぎせんぱい》がひどいデマを流《なが》していた話《はなし》をすると、行成《ゆきなり》も不快《ふかい》そうにまゆをひそめた。

「腹立《はらた》つよね！　根《ね》も葉《は》もないウソをならべて、悪口言《わるくちい》って。尊《たける》も、自分《じぶん》のことをよく思《おも》ってない人《ひと》がいるって知《し》ってて、目立《めだ》たない格好《かっこう》で行《い》ったのかな……？」

「尊《たける》は『地井川先生《ちいかわせんせい》に見《み》つかるとまたうるさそうだから』って言《い》ってたけど、ね……」

「……尊《たける》が見《み》てるのがわかることで、チームメートを動揺《どうよう》させたくないと考《かんが》えたんじゃないか」

はっと息《いき》をのむわたしと若葉《わかば》ちゃんに、行成《ゆきなり》は続《つづ》けた。

「あいつは、そういうやつだろう」

……そうだ。尊《たける》は口《くち》は悪《わる》いけど、ズルしたくないという理由《りゆう》でバスケ部《ぶ》を休部《きゅうぶ》するくらい、人《ひと》の気持《きも》ちを考《かんが》えるんだ。

あの日《ひ》、試合《しあい》には杉先輩《すぎせんぱい》が出場《しゅつじょう》していた。

杉先輩《すぎせんぱい》が尊《たける》に気《き》づいたら、プレッシャーを感《かん》じて調子《ちょうし》をくずしてしまうかもと思《おも》って、目立《めだ》たない格好《かっこう》で行《い》ったんだ。

――でも、杉先輩《すぎせんぱい》は、尊《たける》の悪《わる》いウワサを流《なが》していた。こんなの、やりきれないよ……！

校門《こうもん》に向《む》かうとちゅう、応援団《おうえんだん》の練習《れんしゅう》をしている尊《たける》を見《み》つけた。

今日《きょう》は体育祭《たいいくさい》の午後《ごご》の部《ぶ》の応援合戦《おうえんがっせん》でやるという、ダンスの練習《れんしゅう》をしてるみたい。

タイトルにB《ビー》が四つ並《なら》んだ大《だい》ヒットナンバーに合《あ》わせて、応援団全員《おうえんだんぜんいん》でバキバキにおどってる……と思《おも》ったら、尊《たける》が前《まえ》に出《で》てきて、まわりの手拍子《てびょうし》に合《あ》わせてブレイクダンスを始《はじ》めた！

足《あし》を広《ひろ》げてダイナミックに回転《かいてん》する、ウインドミル。

先週《せんしゅう》から帰宅後《きたくご》も毎晩《まいばん》、近所《きんじょ》の公園《こうえん》で特訓《とっくん》してるというのは聞《き》いてたけど、こんなことまでできちゃうの!?

「バスケ部《ぶ》の先輩《せんぱい》が言《い》ってた、尊《たける》が午後《ごご》にするすごいことってこれかー」

「これはゼッタイ盛《も》りあがるね……そして、へばってる感《かん》じはみじんもない」

「よくあれだけ動《うご》けるもんだ。尊《たける》はほんとタフだよな……」

感心《かんしん》したようにつぶやく行成《ゆきなり》に、一拍空《いっぱくあ》けてから若葉《わかば》ちゃんとわたしは同時《どうじ》にふきだした。

「どうした？」

「それ、さっき尊《たける》も似《に》たようなこと言《い》ってたよ」

「『よくあんなに思《おも》いつくもんだ。行成《ゆきなり》はほんと賢《かしこ》いよな』って」

「…………」

「あっ、行成《ゆきなり》が赤《あか》くなった⁉」

「激《げき》レアだね。えー、顔《かお》そむけないで、もっとよく見《み》せて」

「帰《かえ》るぞ」

さっさと校門《こうもん》へと行《い》こうとする行成《ゆきなり》を、「待《ま》って」と追《お》いかけたところで、ちょうど応援団《おうえんだん》の練習《れんしゅう》も終《お》わったみたい。

「今日《きょう》はマジできつかった……」

「おつかれさま。尊《たける》、聞《き》いて、今《いま》ね――」

練習《れんしゅう》とは一転《いってん》して、バテバテの力《ちから》ない足《あし》どりでやってきた尊《たける》に、今《いま》あったことを話《はな》そうとした時《とき》。

「神崎《かんざき》！」

一年《ねん》っぽい他《ほか》のクラスの男子《だんし》が、血相《けっそう》を変《か》えて走《はし》ってきた。

「どうした？」

とまどいながら尊《たける》がたずねると、男子《だんし》はみだれた息《いき》をはきながら、言《い》った。

「入場門《にゅうじょうもん》が、こわされてる！」

◆7 追《お》いつめられる尊《たける》

「えっ⁉」

尊《たける》の顔色《かおいろ》が、さっと青《あお》ざめる。

入場門《にゅうじょうもん》は、体育祭実行委員《たいいくさいじっこういいん》の一年生《ねんせい》グループが担当《たんとう》している制作物《せいさくぶつ》で、尊《たける》は昼休《ひるやす》みや応援団《おうえんだん》の練習《れんしゅう》のない日《ひ》などに集《あつ》まって、熱心《ねっしん》に作《つく》っていた。

ダッと走《はし》りだした尊《たける》を、わたしたちも追《お》いかける。

たどりついたのはピロティ――屋根《やね》がある玄関前《げんかんまえ》の開《ひら》けた場所《ばしょ》。

その一角《いっかく》に、生徒《せいと》が数人集《すうにんあつ》まっていて、尊《たける》が近《ちか》づくと、「神崎《かんざき》！」「どうしよう、これ……」とそばに置《お》かれた大《おお》きな制作物《せいさくぶつ》を指《ゆび》さした。

「……！」

見《み》ると、入場門《にゅうじょうもん》の柱部分《はしらぶぶん》になるのだろう、大《おお》きな看板《かんばん》の一つが、無残《むざん》に割《わ》られていた。

ひどい……！

言葉《ことば》を失《うしな》うわたしたち。尊《たける》を呼《よ》びにきた男子《だんし》やここにいる生徒《せいと》たちは、実行委員《じっこういいん》のメンバーで。

下校前《げこうまえ》に、完成間近《かんせいまぢか》の自分《じぶん》たちの作品《さくひん》のできばえをながめようと思《おも》って、かぶせてあったビニールシートを外《はず》したら、こんなことになっていたらしい。

「ふっっっざけんな！　なんだよ、これ⁉」

声《こえ》をふるわせて怒《いか》りをあらわにする尊《たける》に、他《ほか》の実行委員《じっこういいん》たちも口々《くちぐち》に言《い》う。

「マジありえねーよな⁉　だれだよ、こんなことするやつ……！」

「さわるなって書《か》いてるのに、絶対《ぜったい》わざとだよな⁉　あと少《すこ》しで完成《かんせい》だったのに」

「どうしよう、神崎《かんざき》くん……⁉」

ふーふーと息《いき》をもらし、両手《りょうて》をにぎりしめていた尊《たける》は、少《すこ》しの沈黙《ちんもく》の後《あと》、怒《おこ》ったり泣《な》きそうになったりしている実行委員《じっこういいん》メンバーたちを見《み》まわした。

「クッソむかつくしハラワタ煮《に》えくり返《かえ》るけど、今《いま》は犯人《はんにん》さがしをしてる時間《じかん》はない。先生《せんせい》と委《い》員長《いんちょう》に報告《ほうこく》して、他《ほか》のメンバーにも連絡《れんらく》して、すぐ作《つく》りなおそう」

「でも、もう今《いま》からじゃ、間《ま》にあわないだろ……」

「そうだよ、ムリだよ……」

「ムリじゃない！」

弱気《よわき》になっているメンバーに、尊《たける》は力強《ちからづよ》く言《い》いきる。

「デザインは決《き》まってるし、二度目《どめ》だからみんな慣《な》れてて、一度目《どめ》より早《はや》く、上手《じょうず》にできる！人手《ひとで》が足《た》りないなら委員会以外《いいんかいいがい》からも助《すけ》っ人《と》をたのめばいい」

「うん、いくらでも手伝《てつだ》うよ！」

わたしがすぐに声《こえ》をあげると、若葉《わかば》ちゃんと行成《ゆきなり》も、「私《わたし》も協力《きょうりょく》する」「同《おな》じく」と名乗《なの》りを上《あ》げた。尊《たける》は、「助《たす》かる」と答《こた》えてから、また実行委員《じっこういいん》たちを見《み》まわして、ニヤッと笑《わら》う。

「安心《あんしん》しろ、オレは運《うん》がいいんだ。見《み》ての通《とお》りイケメンで運動神経《うんどうしんけい》もいいし料理《りょうり》までできる」

「自分《じぶん》で言《い》っちゃうとこが残念《ざんねん》だよね……」

「そこ、うるさい！」

口《くち》をはさんだわたしにすかさず尊《たける》が言《い》いかえすと、暗《くら》い顔《かお》をしていた委員会《いいんかい》メンバーから笑《え》みがこぼれた。

「こんなに恵《めぐ》まれたオレがついてるんだから、絶対《ぜったい》だいじょうぶだ！　入場門《にゅうじょうもん》がカッコいいと、みんな気分《きぶん》が上《あ》がって、体育祭《たいいくさい》が盛《も》りあがる。今年《ことし》はトラブルがあって二度作《どつく》ったたって言《い》えば、ビックリするぜ？　そうだ、あきらめずに完成《かんせい》させた『不屈《ふくつ》の門《もん》』なんだって、開会式《かいかいしき》で放送《ほうそう》してもらおう。オレたちで全校生徒《ぜんこうせいと》のやる気《き》に火《ひ》をつけて、最高《さいこう》の体育祭《たいいくさい》にしてやろうぜ！」

尊《たける》の前向《まえむ》きな言葉《ことば》に、委員会《いいんかい》メンバーたちの表情《ひょうじょう》がみるみる明《あか》るくなった――と思《おも》った時《とき》。

「――カッコつけてんじゃねーよ」

はき捨《す》てるような声《こえ》が、その場《ば》に響《ひび》いた。

ふりむくと、杉先輩《すぎせんぱい》がいつのまにか近《ちか》くまで来《き》ていた。

「根性《こんじょう》なしの裏切者《うらぎりもの》のくせに」

「やめろ、杉《すぎ》。なに一年生《ねんせい》にからんでるんだ」

部活帰《ぶかつがえ》りなのだろう、通《とお》りかかった朝倉先輩《あさくらせんぱい》が止《と》めに入《はい》る。

まわりには、他《ほか》のバスケ部《ぶ》の先輩《せんぱい》たちの姿《すがた》もあった。

「裏切《うらぎ》ってなんて、いません」

尊《たける》が言《い》いかえすと、杉先輩《すぎせんぱい》は、フンと鼻《はな》を鳴《な》らした。

「中途《ちゅうと》ハンパな時期《じき》にバスケ部《ぶ》をやめて、チームを裏切《うらぎ》っただろ」

「……！」

言葉《ことば》につまる尊《たける》を、「ダセえな」とせせら笑《わら》う杉先輩《すぎせんぱい》。

「ダサいのはどっち⁉」

「やめろ、まなみ」

カッとして声《こえ》をはりあげたわたしを、尊《たける》が止《と》めた。

「だって、この人《ひと》――」

尊《たける》のデマを流《なが》してた、と続《つづ》けようとしたけど、尊《たける》は、「やめろって」と強《つよ》い口調《くちょう》でくり返《かえ》した。

「オレがいきなり休部《きゅうぶ》してチームをふりまわしたのは、本当《ほんとう》のことだ」

「でも、それには事情《じじょう》があるのに……」

「事情《じじょう》？　どんな事情《じじょう》なんだよ」

杉先輩《すぎせんぱい》に聞《き》かれて、ぐっと言葉《ことば》につまった。指輪《ゆびわ》のことは、話《はな》せない……！

「おれたちみたいなザコとはいっしょにバスケできないって？」

「!?　そんなわけねー、ちがいます！」

顔色《かおいろ》を変《か》えて、否定《ひてい》する尊《たける》。

「じゃー、ちゃんと説明《せつめい》しろよ」

「休部理由《きゅうぶりゆう》については、できれば俺《おれ》も知《し》りたい。どうしても、話《はな》せないか、神崎《かんざき》？」

朝倉先輩《あさくらせんぱい》にまでたずねられて、尊《たける》はくちびるを引《ひ》きむすんだ。

まわりのバスケ部員《ぶいん》たちも、いっせいに注目《ちゅうもく》していた。

尊《たける》はしばらくだまってから、うなだれて、答《こた》える。

「……すみません。言《い》えません」

さーっと白《しら》けたような空気《くうき》が広《ひろ》がるのがわかった。

「なんで言《い》えないんだ……」

「やっぱりあのウワサ……」

「バカにしてる……」

部員《ぶいん》たちがコソコソと話《はな》しているのが聞《き》こえてきて、いたたまれない気持《きも》ちになった。

「………そうか。杉《すぎ》、もうこういうのはやめろ。行《い》くぞ」

朝倉先輩《あさくらせんぱい》が腕《うで》を引《ひ》くと、杉先輩《すぎせんぱい》はチッと舌打《したう》ちしてから歩《ある》きだした。

他《ほか》のバスケ部員《ぶいん》たちも、彼《かれ》らの後《あと》を追《お》う。

「おつかれさまでした」

尊《たける》が頭《あたま》を下《さ》げてあいさつしたけど、先輩《せんぱい》たちは何《なに》も聞《き》こえなかったような顔《かお》をして、だまったまま尊《たける》の横《よこ》を通《とお》りすぎていった。

前《まえ》は尊《たける》と楽《たの》しそうに話《はなし》をしていた先輩《せんぱい》たちも、きまずそうに目《め》をそらして、去《さ》っていく。

尊《たける》はボーゼンと、彼《かれ》らの背中《せなか》を見送《みおく》った。

「尊《たける》、あれは杉先輩《すぎせんぱい》がバスケ部《ぶ》の中《なか》で、尊《たける》の悪《わる》いウワサを流《なが》したからだよ！」

「そう、市大会《したいかい》の時《とき》にぐうぜん聞《き》いたの。他《ほか》の先輩《せんぱい》たち、それを信《しん》じちゃったのかな……」

わたしと若葉《わかば》ちゃんが口々《くちぐち》に言《い》うと、尊《たける》はまばたきをしてから、「そっか」とつぶやいた。

そして、のろのろとこわされた入場門《にゅうじょうもん》の方《ほう》を見《み》て。

パン！　と気合《きあ》いを入《い》れるように、自分《じぶん》の両手《りょうて》で自分《じぶん》のほおをたたいた。

「――とりあえず、オレは先生《せんせい》と委員長《いいんちょう》さがして、入場門《にゅうじょうもん》のことを報告《ほうこく》してくる。おまえらはここで見《み》はっててくれ」

実行委員《じっこういいん》たちにそう伝《つた》えて、オーケーをもらうと、すぐに玄関《げんかん》へと歩《ある》きだす。

わたしたち幼《おさな》なじみの三人《にん》は、尊《たける》を追《お》いかけた。

「尊《たける》、先生《せんせい》たちはわたしたちが連《つ》れてこようか？」

「そうだよ、少《すこ》し休《やす》んだら？」

「オレの仕事《しごと》だから、オレがやる」

「下校時刻《げこうじこく》が近《ちか》いから手分《てわ》けした方《ほう》がいい。尊《たける》は先《さき》に職員室《しょくいんしつ》へ。俺《おれ》は放送部《ほうそうぶ》に行《い》って実行委員長《じっこういいんちょう》と、ねんのため先生《せんせい》も呼《よ》びだしてもらう」

「わかった、たのむ」

行成《ゆきなり》の提案《ていあん》にうなずいてから、尊《たける》は足《あし》を止《と》めて、わたしたちをふりかえった。

「――オレは、おまえたち三人《にん》がわかってくれてるなら、それでいい」

きっぱりとそれだけ言《い》うと、また、前《まえ》を見《み》て、足早《あしばや》に歩《ある》きはじめた。


ずっと動《うご》きっぱなしで、体《からだ》がクタクタのところに、精神的《せいしんてき》にも大《おお》きなダメージを受《う》けて。

本当《ほんとう》は泣《な》きたいくらいショックを受《う》けてると思《おも》うけど、意地《いじ》っぱりな尊《たける》は、つらいことがあっても泣《な》かない。

幼《おさな》なじみのわたしたちにも、めったになみだを見《み》せない。
幼稚園《ようちえん》に入《はい》って以降《いこう》で、尊《たける》が泣《な》いてるのを見《み》たことあるのは、二回《かい》だけ。
一回目《かいめ》は、幼稚園時代《ようちえんじだい》、わたしが木《き》から落《お》ちてケガした時《とき》。
二回目《かいめ》は——。

8 幼《おさな》い日《ひ》の約束《やくそく》

「尊《たける》、今日《きょう》ヘン」

小学《しょうがく》二年生《ねんせい》の時《とき》の、放課後《ほうかご》。わたしたち幼《おさな》なじみ四人《にん》は、公園《こうえん》にいっぱい落《お》ちていたイチョウの葉《は》っぱを拾《ひろ》って、上《うえ》に投《な》げて舞《ま》いちらせたり、かけあったりして遊《あそ》んでいた。

いつもなら大《おお》はしゃぎして走《はし》りまわってる尊《たける》が、今日《きょう》はなんだかおとなしくて。

じつは朝《あさ》からずっと、学校《がっこう》でも元気《げんき》がない感《かん》じがしていて。

思《おも》わず「ヘン」と言《い》ったわたしに、若葉《わかば》ちゃんと行成《ゆきなり》もうなずいた。

尊《たける》は頭《あたま》と肩《かた》にかかっていたイチョウの葉《は》をはらってから、ぽつりと言《い》った。

「昨日《きのう》、父《とう》ちゃんが、出《で》ていった。もういっしょに住《す》めなくなったって」

「えっ、なんで!?」

「わかんない。ただ、ごめんなって言《い》って、ギュッとして、出《で》ていった。母《かあ》ちゃんと、リコンしたんだって」

……リコン……。

わたしと尊《たける》のお母《かあ》さんたちは赤《あか》ちゃんクラブで仲良《なかよ》くなって、それ以来《いらい》、神崎家《かんざきけ》とは何度《なんど》も家《か》族《ぞく》ぐるみでお出《で》かけをしていた。

お花見《はなみ》や海水浴《かいすいよく》、一泊旅行《いっぱくりょこう》……尊《たける》のお父《とう》さんは仕事《しごと》でいそがしくて、参加《さんか》できないことが多《おお》かったけど、それでもいっぱい遊《あそ》んでもらったし、かわいがってもらっていた。

尊《たける》パパ、いなくなっちゃったんだ……。

みんな、あんなに仲良《なかよ》しで、いっしょに笑《わら》ってたのに……。

「……う……うわーん」

大声《おおごえ》で泣《な》きだしたわたしに、尊《たける》がビクッとする。

「さびしいよ~。いなくなっちゃうなんてイヤだよ~……尊《たける》はもっとずっとさびしいよね、こんなのひどいよ~」

すごくすごく悲《かな》しくなって、尊《たける》にギュッとだきついたら、尊《たける》の体《からだ》がふるえた。

尊《たける》は少《すこ》しこらえていたけど、やがて、せきを切《き》ったように、わたしと同《おな》じくらい大《おお》きな声《こえ》で、わーんと号泣《ごうきゅう》しはじめた。

わんわんと大泣《おおな》きするわたしと尊《たける》に、若葉《わかば》ちゃんもシクシクと泣《な》きだして、行成《ゆきなり》はこまったような顔《かお》で立《た》ちすくんでいた。

「オレが、休《やす》みの日《ひ》に、ねてる父《とう》ちゃんを、ムリやり起《お》こしたからかな？　せっかく父《とう》ちゃんが作《つく》ってくれた、野菜《やさい》いためﾞ、苦《にが》いって、のこしたから？」

ヒックヒックとしゃくりあげながら、尊《たける》が言《い》う。

「オレがもっといい子《こ》だったら、出《で》ていったり、しなかったの？」

「ちがうよ！　わかんないけど、それはちがう！　ぜったい尊《たける》のせいじゃないよ！」

わたしが一生《いっしょう》けんめい否定《ひてい》すると、尊《たける》はなみだでぐちゃぐちゃの顔《かお》で、「じゃあ……」ときく。

「どうして父《とう》ちゃんは出《で》ていったの？」

「……わかんないよ……」

わたしは、楽《たの》しそうに家族《かぞく》とすごしていた尊《たける》パパしか知《し》らない。

あんなに仲《なか》が良《よ》かったのに、どうしてはなればなれになっちゃうの……？

とほうにくれていたら、大《おお》きな目《め》をうるませた若葉《わかば》ちゃんが、ほおを赤《あか》くして、言《い》った。

「オトナの考《かんが》えはわからないけど……私《わたし》は尊《たける》のこと、好《す》きだよ」

「俺《おれ》も。どこにもはなれて行《い》ったりしないし、ずっとそばにいる」

行成《ゆきなり》はそう言《い》って、尊《たける》の手《て》を取《と》って、小指《こゆび》に自分《じぶん》の小指《こゆび》をからませた。

「誓《ちか》う」

「……………」

尊《たける》はなみだにぬれた顔《かお》をそででぬぐって、コクリとうなずいた。

「そうだ！　これからはわたしが尊《たける》のお父《とう》さんになるよ！」

手《て》をたたいたわたしに、尊《たける》はキョトンと目《め》をみはる。

「まなみはオレよりチビだし女《おんな》の子《こ》じゃん。父《とう》ちゃんはムリだよ」

「ムリじゃないよ。なりたいって強《つよ》く思《おも》えば、なんにでもなれるってお母《かあ》さんが言《い》ってたもん。わたしがお父《とう》さんになって、尊《たける》といっぱい遊《あそ》ぶし、いっぱい大好《だいす》きって言《い》う！　そしたらさびしくないでしょ？」

尊《たける》はパチパチとまばたきしてから、じんわりと口元《くちもと》をゆるめた。

「……こんな泣《な》き虫《むし》な父《とう》ちゃんはやだな」

「なっ、泣《な》き虫《むし》じゃないもん！」

「泣《な》き虫《むし》だろ。あと、ドジでねぼすけ」

「ひどい！　せっかくなぐさめようとしてたのに！」

わたしは怒《おこ》ってみせたけど、尊《たける》がいつもみたいに笑《わら》ってくれて、ほんとはすごくうれしかったんだ……。


入場門《にゅうじょうもん》がこわされていた翌日《よくじつ》、わたしたちチームⓐ《マルア》は朝早《あさはや》くから、学校《がっこう》に向《む》かっていた。

待《ま》ちあわせて登校《とうこう》しながら、まずは行成《ゆきなり》から、体育倉庫《たいいくそうこ》で見《み》つけた卵《たまご》を昨日《きのう》の夜《よる》、予定通《よていどお》り、旧校舎《きゅうこうしゃ》の屋上《おくじょう》に落《お》として処分《しょぶん》できた話《はなし》をきく。

「尊《たける》たちから聞《き》いていた通《とお》り、割《わ》った瞬間《しゅんかん》、『キョロロロ……』と笛《ふえ》のような音《おと》がきこえた。はなれていたから、ニオイは感《かん》じなかった。ただ、帰《かえ》り道《みち》、天気予報《てんきよほう》は晴《は》れのはずだったのに、急《きゅう》に雨《あめ》が降《ふ》ったんだ」

雨《あめ》……？

「あっ、初《はじ》めて卵《たまご》を見《み》つけた日《ひ》も、雨《あめ》が降《ふ》ったっけ!?」

「実行委員会《じっこういいんかい》で事件《じけん》が起《お》こった日《ひ》は、最初《さいしょ》から雨《あめ》だったけど、事件《じけん》の後《あと》はもっと雨足《あまあし》が強《つよ》くなってた気《き》がする……」

「ということは卵《たまご》が割《わ》れると、眠《ねむ》ってしまうだけじゃなく、雨《あめ》が降《ふ》るってことか？」

顔《かお》を見合《みあ》わせるわたしたち。

「オレからも一つ。今《いま》までに卵《たまご》が見《み》つかった場《ば》所《しょ》は、応援団《おうえんだん》が練習《れんしゅう》してたそば、実行委員会《じっこういいんかい》の教《きょう》室《しつ》、体育倉庫《たいいくそうこ》だ。そして、今回《こんかい》の入場門事件《にゅうじょうもんじけん》だろ。悪霊《あくりょう》がとりついてるヤツ、またはとりついてる物《もの》の持《も》ち主《ぬし》は、体育祭《たいいくさい》になにかイヤな思《おも》い出《で》があったりして、体育祭《たいいくさい》をジャマしようとしてんじゃねーか？」

尊《たける》の意見《いけん》に、チーム㋐全員《マルアぜんいん》が賛成《さんせい》した。

「私《わたし》は卵《たまご》が近《ちか》くにあると気配《けはい》を感《かん》じるから、これからは朝《あさ》と放課後《ほうかご》に、体育祭《たいいくさい》の練習《れんしゅう》や準備《じゅんび》がある場所《ばしょ》をパトロールするよ。実行委員《じっこういいん》を手伝《てつだ》うのは、そのあとでいいかな？」

若葉《わかば》ちゃんが言《い》うと、尊《たける》は、「助《たす》かる」とうなずいた。

「応援団《おうえんだん》の演技《えんぎ》はマスターしたし、オレは今日《きょう》から入場門作《にゅうじょうもんづく》りに集中《しゅうちゅう》する。悪霊《あくりょう》が何《なに》をしかけてこようが、絶対《ぜったい》、体育祭《たいいくさい》を盛《も》りあげて、最高《さいこう》の一日《いちにち》にしてやる！」

「そうだね。わたしたちも、全力《ぜんりょく》で手伝《てつだ》うよ！」

何《なに》より尊《たける》には、体育祭《たいいくさい》、思《おも》いっきり楽《たの》しんでもらいたいからね！

3章《しょう》 決戦《けっせん》！ 嵐《あらし》の体育祭《たいいくさい》!?

1 ワクワクの体育祭《たいいくさい》、スタート！

晴《は》れわたった青《あお》い空《そら》、風《かぜ》におどるカラフルな万国旗《ばんこくき》。

勇《いさ》ましい行進曲《こうしんきょく》に乗《の》せて、生徒《せいと》たちが校庭《こうてい》に入場《にゅうじょう》する。

「いよいよ始《はじ》まりました、風ノ宮中学校《かぜのみやちゅうがっこう》、第《だい》四十四回体育祭《かいたいいくさい》。存在感《そんざいかん》バツグンの入場門《にゅうじょうもん》は、実行《じっこう》委員《いいん》の一年生《ねんせい》と有志《ゆうし》による力作《りきさく》。今年《ことし》はなんと、トラブルがあって二度作《どつく》ったとのこと！」

放送部《ほうそうぶ》のアナウンスがながれると、あたりにどよめきがおこった。

「困難《こんなん》を乗《の》りこえて、あきらめずに完成《かんせい》させた『不屈《ふくつ》の門《もん》』。今日《きょう》の体育祭《たいいくさい》で、みんなが最後《さいご》までくじけずに全力《ぜんりょく》をつくせるように、という願《ねが》いがこめられているそうです」

トラと竜《りゅう》がダイナミックに描《えが》かれた大《おお》きな入場門《にゅうじょうもん》が注目《ちゅうもく》を浴《あ》びて、「お～」という歓声《かんせい》とともに大《おお》きな拍手《はくしゅ》が鳴《な》る。

門《もん》づくりを手伝《てつだ》ったわたしも、すごくほこらしい気分《きぶん》になった。

早朝《そうちょう》、昼休《ひるやす》み、放課後《ほうかご》と、とにかく時間《じかん》があれば集《あつ》まって作《つく》った入場門《にゅうじょうもん》。

ギリギリだったけど、間《ま》にあってよかったー！

体育祭《たいいくさい》の制作物《せいさくぶつ》は、カギのかかる特別教室《とくべつきょうしつ》に置《お》くように対策《たいさく》をして、入場門《にゅうじょうもん》が壊《こわ》された事件以《じけんい》降《こう》はとくに何事《なにごと》もなく、今日《きょう》の体育祭《たいいくさい》をむかえられた。

準備《じゅんび》は万全《ばんぜん》！　天気《てんき》も最高《さいこう》の快晴《かいせい》！

初《はじ》めての中学校《ちゅうがっこう》の体育祭《たいいくさい》、ワクワクがふくらんでいくよー。


開会式《かいかいしき》では、校長先生《こうちょうせんせい》のあいさつの後《あと》、応援団《おうえんだん》の団長二人《だんちょうふたり》の選手宣誓《せんしゅせんせい》だ。

各学年《かくがくねん》のＡＢＣ組《エービーシーぐみ》が赤《あか》、ＤＥＦ組《ディーイーエフぐみ》が白《しろ》で、今年《ことし》は赤組団長《あかぐみだんちょう》が男子《だんし》、白組団長《しろぐみだんちょう》が女子《じょし》みたい。

「「宣誓《せんせい》！　私《わたし》たちは、正々堂々戦《せいせいどうどうたたか》いぬくことを、誓《ちか》います！」」

二人《ふたり》が声《こえ》をそろえて言《い》った後《あと》、両組《りょうぐみ》の応援団《おうえんだん》から声《こえ》が上《あ》がった。


「「「「「からの〜？」」」」」

なにごと？　と思《おも》った直後《ちょくご》、少《すこ》してれた表情《ひょうじょう》の団長《だんちょう》たちがまた手《て》をあげて。

「「宣誓《せんせい》！　私《わたし》たちは、永遠《えいえん》に愛《あい》しあうことを、誓《ちか》います！」」

わあああああ、と大歓声《だいかんせい》と指笛《ゆびぶえ》が響《ひび》いて、全校生徒《ぜんこうせいと》がいっせいに拍手《はくしゅ》。

団長《だんちょう》たち、つきあってるんだ⁉　えー、ステキすぎる！

「これ言《い》ったらゼッタイ盛《も》りあがるって、オレが提案《ていあん》したんだ」

開会式《かいかいしき》が終《お》わってクラスの席《せき》へ向《む》かう時《とき》、尊《たける》が教《おし》えてくれた。やるな、尊《たける》！


プログラム一番《ばん》、応援合戦《おうえんがっせん》。

ドンドンドンと迫力《はくりょく》のあるタイコの音《おと》とともに、赤組応援団《あかぐみおうえんだん》が入場《にゅうじょう》する。

わ、尊《たける》、赤《あか》い着物《きもの》に黒《くろ》のタスキと袴《はかま》を身《み》につけて、カッコいい！

ほとんどの団員《だんいん》は体操服《たいそうふく》にはっぴを羽織《はお》っていて、袴《はかま》を着《き》てるのは、団長《だんちょう》を始《はじ》めとした五人《にん》だけみたい。

演舞《えんぶ》が始《はじ》まると、尊《たける》が袴《はかま》の選抜《せんばつ》メンバーになった理由《りゆう》がわかった。

声《こえ》がよく通《とお》ってるし、動《うご》きもひときわ力強《ちからづよ》くてキレがある！

「フレーフレー赤組《あかぐみ》！」

「「「「「フレーフレー赤組《あかぐみ》、フレーフレー赤組《あかぐみ》！」」」」」

わたしもチームメートたちといっしょに大声《おおごえ》でエールを送《おく》り、ボルテージが上《あ》がっていく。

「うおおおおお、いいぞー！　おまえたちは今《いま》、モーレツに青春《せいしゅん》しているッ!!」

ちいさくもかわいくもない地井川先生《ちいかわせんせい》は、すでに盛《も》りあがりマックスだ。

「はあ……とうとうこの日《ひ》がきてしまったわ……てるてる坊主《ぼうず》を逆《さか》さまに十個《こ》もつるしてきたのに、腹立《はらだ》たしいほどの青空《あおぞら》……」

私《わたし》のとなりでは希望《のぞみ》ちゃんが、暗《くら》い顔《かお》でなげいていた。この二人《ふたり》、温度差《おんどさ》がスゴイ！

応援合戦《おうえんがっせん》の次《つぎ》は、全学年男子《ぜんがくねんだんし》の騎馬戦《きばせん》。

最初《さいしょ》からとばすねー!?

尊《たける》は行成《ゆきなり》を中心《ちゅうしん》とした三人《にん》のクラスメートの騎馬《きば》の上《うえ》に乗《の》って、ここでも縦横無尽《じゅうおうむじん》に大活躍《だいかつやく》。

まず、行成《ゆきなり》の騎馬《きば》がスピードあって、位置《いち》どりも上手《うま》いんだよね。

尊《たける》は袴《はかま》を着《き》たままだから目立《めだ》ってて、つぎつぎに敵《てき》がねらいにきたけど、視野《しや》を広《ひろ》くもった騎《き》馬《ば》が冷静《れいせい》かつ華麗《かれい》にかわして回《まわ》りこむ。

すかさず、尊《たける》がバツグンの反射神経《はんしゃしんけい》と勝負強《しょうぶづよ》さで敵《てき》のハチマキをうばい、ガンガン返《かえ》り討《う》ちにしていた。

終了《しゅうりょう》の笛《ふえ》が鳴《な》った時《とき》、尊《たける》は敵《てき》からうばったたくさんのハチマキをかかげて、満面《まんめん》の笑《え》みでガッ

ツポーズ。行成《ゆきなり》も、うれしそうに顔《かお》をほころばせていた。

ナイスコンビネーション！

「よし、わたしたちも負《ま》けてられないね！」

続《つづ》いては障害物《しょうがいぶつ》リレー。

三人一組《にんひとくみ》でリレーしてグラウンドを一周《しゅう》するんだけど、わたしのチームは他《ほか》に若葉《わかば》ちゃんと希望《のぞみ》ちゃんだ。

「消《き》えたい……仲良《なかよ》しの二人《ふたり》の間《あいだ》にまぎれこむオジャマ虫《むし》になるなんて……でも足《あし》を引《ひ》っぱるのはわざとじゃないわ、好《す》きでお荷物《にもつ》なわけじゃない……」

「オジャマ虫《むし》じゃないし、お荷物《にもつ》でもないよ⁉」

「そうだよ。いっしょにがんばろう」

わたしと若葉《わかば》ちゃんがそう言《い》っても、希望《のぞみ》ちゃんは深《ふか》いため息《いき》。

「がんばっても、絶望的《ぜつぼうてき》におそいのよ……どう転《ころ》んでも、転《ころ》ばず走《はし》れても、お荷物《にもつ》になるしかないこの運命《うんめい》。私《わたし》は敗北《はいぼく》をもたらす絶望《ぜつぼう》の使者《ししゃ》……」

「絶望《ぜつぼう》の使者《ししゃ》って、世界《せかい》がほろぶわけでもあるまいし！　おそくてもいいって。わたし、最近調《さいきんちょう》子《し》がいいから、荷物《にもつ》が一つ二つ増《ふ》えたって、ばん回《かい》しちゃうよ！」

「ムリよ……わたしの背負《せお》う業《ごう》はそんな生《なま》やさしい物《もの》じゃない……はあ、体育祭《たいいくさい》め……末代《まつだい》までたたってやる……」

体育祭《たいいくさい》の末代《まつだい》って何《なに》？　と思《おも》いつつ、うらめしそうにつぶやく希望《のぞみ》ちゃんに、まさか、とギクッとする。

悪霊《あくりょう》がついてるの、希望《のぞみ》ちゃんじゃないよね……？

パアン、とスターターピストルが鳴《な》って、トップバッターの若葉《わかば》ちゃんをふくむ三人《にん》の選手《せんしゅ》がスタートをきる。

一つ目《め》の障害《しょうがい》は、輪《わ》の形《かたち》につないだ段《だん》ボールの中《なか》に入《はい》ってハイハイして進《すす》む、段《だん》ボールキャタピラー……って若葉《わかば》ちゃん、めちゃくちゃ速《はや》い！

さすがハムスター、回《まわ》し車《ぐるま》はお手《て》のもの⁉

二つ目《め》のハシゴくぐりも身軽《みがる》にクリアして、若葉《わかば》ちゃんはぶっちぎりの一位《い》でバトンを第《だい》二走《そう》者《しゃ》の希望《のぞみ》ちゃんにつないだ。

希望《のぞみ》ちゃんはまずはネットくぐり……ああっ、思《おも》いっきりからまっちゃってる。がんばれー！

なんとかネットから抜《ぬ》けだして、次《つぎ》はなわとび。

こちらもジャンプのタイミングがズレて、何度《なんど》もなわが足《あし》にひっかかった。

「希望《のぞみ》ちゃん、ここだよ！　あと少《すこ》し！」

「はあ、はあ……クモの巣《す》地獄《じごく》とムチ打《う》ちの刑《けい》……これが運動《うんどう》オンチという罪《つみ》への罰《ばつ》だというの……？」

ヘロヘロになってそんなことをぼやきながら、希望《のぞみ》ちゃんはわたしにバトンをさし出《だ》す。

「あとはまかせて！」

バトンを受《う》けとった瞬間《しゅんかん》、わたしは矢《や》のようにかけだした。

一つ目《め》の障害《しょうがい》である平均台《へいきんだい》に飛《と》びのると、細《ほそ》い台《だい》の上《うえ》をスピードを落《お》とさず走《はし》りぬける。

二つ目《め》のとび箱《ばこ》は、勢《いきお》いよく両手《りょうて》をついて、前方倒立転回《ぜんぽうとうりつてんかい》とび！　着地《ちゃくち》も完《かん》ぺき！

おお〜っと応援席《おうえんせき》からどよめきが聞《き》こえた。

しまった、ちょっとやりすぎた⁉

でも、希望《のぞみ》ちゃんがぬかれてビリになったのを、またトップにもどしたよ！

ずっと暗《くら》い顔《かお》をしてる希望《のぞみ》ちゃんだけど、一位《い》をとったら、笑顔《えがお》になってくれるかな？

アンカーはゴール前《まえ》にもう一つ、洗面器《せんめんき》に入《はい》った白《しろ》い粉《こな》にうまったアメを手《て》を使《つか》わずに食《た》べる障害《しょうがい》があった。

えいっと粉《こな》の中《なか》に顔《かお》をつっこんでアメをくわえる。

このままゴール、と思《おも》った瞬間《しゅんかん》。

「ぶほおっ」

粉《こな》が鼻《はな》に入《はい》って思《おも》いっきりむせた！

「ゲホゲホッ……」

激《はげ》しくせきこんでる間《あいだ》に、他《ほか》の子《こ》たちが器用《きよう》にアメをくわえて、またぬかれそうになる。

や、やばい！

わたしはあわてて全力疾走《ぜんりょくしっそう》。これ以上粉《いじょうこな》が鼻《はな》に入《はい》ってこないよう、必死《ひっし》に息《いき》を止《と》めて――

からくも一着《ちゃく》でゴールテープを切《き》った。あー、よかっ……ハーックション！

「まなみ、すごい！　でもだいじょうぶ？」

若葉《わかば》ちゃんと希望《のぞみ》ちゃんがかけよってくる。

「ゴホゴホッ……うん、やったね……！　ほら希望《のぞみ》ちゃん、ムリじゃなかったでしょ？」

わたしが息《いき》をととのえながら言《い》うと、希望《のぞみ》ちゃんは目《め》を丸《まる》くしてから――ブッと大《おお》きくふきだした。

「さ、斉賀《さいが》さん……そこまで思《おも》いっきり粉《こな》に顔《かお》をつっこまなくても……真《ま》っ白《しろ》で、まるでピエロかジョーカーだわ……！」

クククク……と肩《かた》をふるわせて笑《わら》う希望《のぞみ》ちゃん。

「えー、わたし、そんなに変《へん》な顔《かお》になってる!?」

「ふふっ、そうだね。まなみは思《おも》い切《き》りがいいよね」

若葉《わかば》ちゃんにも笑《わら》われた。

「『ぶほおっ』てすごい勢《いきお》いで粉《こな》をはいてたし……クックック……ヒーヒヒヒ！」

希望《のぞみ》ちゃんは、ツボに入《はい》ったみたいで目《め》になみだまでにじませている。

一位《い》になって笑顔《えがお》をプレゼントするつもりが、なんかちがうとこでバカ受《う》けされてる……。

まあ、みんなが笑《わら》ってくれたから、良《よ》しとしよう!


わたしたちは障害物《しょうがいぶつ》リレーで一番目《ばんめ》に走《はし》るグループだったから、全員《ぜんいん》が走《はし》りおわって退場《たいじょう》するまで、ずっと校庭《こうてい》の真《ま》ん中《なか》で待《ま》ってることになった。

一位《い》の旗《はた》の下《した》に座《すわ》ってるのは気分《きぶん》がいいけど、ううー、顔中粉《かおじゅうこな》だらけで汗《あせ》もかいて、ベタベタするよー。

やっと退場《たいじょう》すると、すぐに水飲《みずの》み場《ば》に直行《ちょっこう》!

一番近《いちばんちか》くの場所《ばしょ》は混《こ》みそうだったから、校庭《こうてい》のはずれの方《ほう》にある水飲《みずの》み場《ば》に行《い》って、ゆっくり顔《かお》を洗《あら》った。

はあ、さっぱりした……とタオルで顔《かお》をぬぐっていたら。

少《すこ》しはなれたところで、尊《たける》と体育祭実行委員《たいいくさいじっこういいん》の女子《じょし》が、競技《きょうぎ》で使《つか》う道具《どうぐ》を運《はこ》んでいるのが見《み》えた。

同時《どうじ》に、二人《ふたり》の会話《かいわ》が聞《き》こえてくる。

「神崎《かんざき》くんは応援団《おうえんだん》もあるんだから、ムリして手伝《てつだ》わなくていいのに」

「女子《じょし》が一人《ひとり》で運《はこ》ぶほうがムリだろ。オレは全然平気《ぜんぜんへいき》だから、ちゃんと声《こえ》かけろよ」

「……うん。ありがと」

これ、本来《ほんらい》は聞《き》こえるキョリじゃないし、猫《ねこ》の耳《みみ》の力《ちから》だよね。

無意識《むいしき》に耳《みみ》をすませちゃったかな、なんかぬすみ聞《ぎ》きしてるみたいで悪《わる》いな……と思《おも》っていたら、次《つぎ》に聞《き》こえてきた声《こえ》に耳《みみ》をうたがった。

「あのね……私《わたし》、神崎《かんざき》くんのこと好《す》きになっちゃったかも」

また告白《こくはく》されてるー!?

ドキーンと心臓《しんぞう》がとびはねて、ボン！　とわたしは猫《ねこ》の姿《すがた》に変身《へんしん》。

幸《さいわ》い、こっちを見《み》ていた人《ひと》はいなかった。

というか、なんなの、尊《たける》！　息《いき》をするように告《こく》られてない!?

そりゃ、体育祭《たいいくさい》の尊《たける》は輝《かがや》いてるけど、告白《こくはく》されるペースがおかしい。

「ごめん。そういうふうに見《み》たことないし、これからも見《み》られない」

あっさりと返《かえ》す尊《たける》……なんで告白《こくはく》された張本人《ちょうほんにん》は平常心《へいじょうしん》なの!?　解《げ》せない……。

とりあえず、元《もと》の姿《すがた》にもどるまで校舎《こうしゃ》うらにでもかくれとこう……と走《はし》りだしたところで、ふと、校庭《こうてい》のすみに朝倉先輩《あさくらせんぱい》がいるのが目《め》に入《はい》った。

競技《きょうぎ》のジャマにならないように移動《いどう》されたサッカーのゴールポストが二つ、置《お》かれているあたりで、なぜか一人《ひとり》でうつむいている。

どうしたんだろう？

気《き》になったけど、「あれっ、子猫《こねこ》!?」「どこからまぎれこんだのかな？」とまわりから注目《ちゅうもく》され始《はじ》めたから、わたしはつかまらないように、猛《もう》スピードでその場《ば》をはなれた。

2 ドキドキ！　借《か》り人《びと》競走《きょうそう》

わたしの次《つぎ》の出番《でばん》は、徒競走《ときょうそう》。それまでに人間《にんげん》にもどれるかな？

もしダメならトイレに行《い》ってたことにするしかないけど、「また」って感《かん》じだ。

クラスメートからおなか弱《よわ》い子《こ》だって思《おも》われるよ〜。できれば、そのゴカイはさけたい！

お願《ねが》い、間《ま》にあって〜〜！

——と、必死《ひっし》にいのってたかいあって、徒競走《ときょうそう》にはギリギリ間《ま》にあった。

だけど……うっかり忘《わす》れてたんだよね。

変身《へんしん》した後《あと》は、マラソン走《はし》った後《あと》くらいクタクタになることを……。

パアン、という合図《あいず》と同時《どうじ》に走《はし》りだしたけど、体《からだ》に力《ちから》が入《はい》らない！

ひーひー言《い》いながらのろのろ走《はし》っていたら、応援団《おうえんだん》でエールを送《おく》っていた尊《たける》から怒《おこ》られた。

「こら、まなみ！　気合《きあ》い入《い》れろー！」

だれのせいだと思《おも》ってるんだ!!

――結果《けっか》はようしゃなく、ビリでした。

えーん、今年《ことし》は猫《ねこ》の力《ちから》で無敵《むてき》だと思《おも》ってたのに！

「あの子《こ》、障害物《しょうがいぶつ》リレーではめっちゃ速《はや》くなかった？」

「あー、顔《かお》を真《ま》っ白《しろ》にしてた子《こ》？　今《いま》はおそかったね。すごい気分屋《きぶんや》なのかな……」

なんてまわりがコソコソ話《はな》してるのが聞《き》こえてきた。

ちがう、ちがうんだ〜。これが今《いま》のわたしのせいいっぱい……。

「ドンマイ、まなみ」

苦笑《にがわら》いする若葉《わかば》ちゃんにはげまされながら、しょんぼりとクラスの応援席《おうえんせき》にもどった。

続《つづ》いての競技《きょうぎ》は『借《か》り人競走《びときょうそう》』。借《か》り物競走《ものきょうそう》の人《ひと》バージョンで、紙《かみ》に書《か》かれた条件《じょうけん》に合《あ》う人《ひと》を探《さが》してきて、いっしょにゴールすればいいんだ。

……あっ、次《つぎ》は、行成《ゆきなり》が出《で》るんだ。

「行成《ゆきなり》、がんばれー！」

声援《せいえん》を送《おく》っていたら、さっそうと先頭《せんとう》を走《はし》り、拾《ひろ》った紙《かみ》に目《め》を落《お》とした行成《ゆきなり》が、こっちにまっすぐに走《はし》ってきた。

「――まなみ、来《き》てくれ」

「えっ」

手《て》を引《ひ》かれてグラウンドに出《で》たけど……

「ごめん行成《ゆきなり》、わたし、さっき変身《へんしん》しちゃってまだ走《はし》れない」

小声《こごえ》であやまると、行成《ゆきなり》はうなずいて、わたしを横《よこ》から抱《かか》えあげた。

はい⁉

「しっかりつかまってて」

淡々《たんたん》とそう言《い》って、わたしをお姫《ひめ》さま抱《だ》っこしながら走《はし》りだす行成《ゆきなり》。

「いやいやいやいやいや、待《ま》って⁉　待《ま》って行成《ゆきなり》！」

「待《ま》ったら負《ま》ける」

グラウンドにどよめきと歓声《かんせい》が巻《ま》きおこり、カアーッと顔《かお》が熱《あつ》くなる。

全校生徒《ぜんこうせいと》が見《み》てる前《まえ》でこれは、はずかしすぎる……！

うろたえるわたしとは対照的《たいしょうてき》に、行成《ゆきなり》はすずしい顔《かお》でゴールテープを切《き》った。

周囲《しゅうい》の反応《はんのう》は一切《いっさい》おかまいなし。

どこまでも我《わ》が道《みち》を行《い》く男《おとこ》、その名《な》は行成《ゆきなり》……。

「一着《ちゃく》、今鷹《いまたか》くん！　大《だい》たんにもお姫《ひめ》さま抱《だ》っこでゴールしましたが、いったいどんなわけですか⁉」

アナウンス係《がかり》にマイクをむけられ、行成《ゆきなり》は一言《ひとこと》。

「**気分**《きぶん》」

適当《てきとう》だな！

「気分《きぶん》ー⁉　それこそどんな気分《きぶん》か気《き》になりますが、あえてツッコむのはやめましょう。それではみなさま大注目《だいちゅうもく》の、借《か》り人《びと》のお題《だい》はなんだったのか、発表《はっぴょう》してください！」

アナウンスの声《こえ》に、みんな耳《みみ》をすましたのか、あたりが急《きゅう》にシンとなる。

……。

「『**食**《く》**いしんぼうな人**《ひと》』」

どっと爆笑《ばくしょう》がわきおこった。

うん、絶対《ぜったい》そんなことだと思《おも》ったよ！

「あー、はずかしかった……」

「行成《ゆきなり》、おそろしい男《おとこ》だね」

席《せき》にもどると、若葉《わかば》ちゃんがわたしの頭《あたま》をよしよしとなぐさめてくれた。

「次《つぎ》は尊《たける》が走《はし》るみたいだよ」

見《み》ると、袴《はかま》を着《き》たままの尊《たける》がスタートラインにならんでいた。

走《はし》りにくいから競技《きょうぎ》に出《で》る時《とき》はぬいでいいはずだけど、犬《いぬ》の力《ちから》が出《で》ると速《はや》すぎちゃうから、尊《たける》はあえて袴《はかま》のまま走《はし》るみたい。

スタートの合図《あいず》と同時《どうじ》に飛《と》びだした尊《たける》は、やっぱりダントツ！

そして、紙《かみ》を拾《ひろ》って……アレ、固《かた》まった⁉

他《ほか》の選手《せんしゅ》に追《お》いぬかれてるよ⁉

「尊《たける》ー、どうしたのー？」

大声《おおごえ》で呼《よ》びかけたら、尊《たける》は顔《かお》を上《あ》げ、こっちに走《はし》ってきた！

「悪《わる》い、協力《きょうりょく》してくれ。――若葉《わかば》」

ぶっちょう面《づら》の尊《たける》にたのまれて、目《め》を丸《まる》くした若葉《わかば》ちゃんがグラウンドに出《で》ていく。

何《なに》が書《か》いてあったのかな？

「がんばれ、若葉《わかば》ちゃん！　尊《たける》もがんばれー！」

ワクワクしながら、わたしは手《て》をつないで走る二人《ふたり》に声援《せいえん》を送《おく》る。

尊《たける》と若葉《わかば》ちゃんは先《さき》を行《い》くペアにぐんぐんせまっていったけど、おしくも二着《ちゃく》でゴールイン。

くやしそうにしている尊《たける》に、アナウンス係《がかり》が近《ちか》づいてお題《だい》の紙《かみ》を受《う》けとる。

「神崎《かんざき》くん、そして水沢《みずさわ》さんも、二着《ちゃく》とはいえ見事《みごと》な走《はし》りでした。それでは気《き》になる借《か》り人《びと》のお題《だい》を発表《はっぴょう》します。神崎《かんざき》くんの拾《ひろ》ったお題《だい》は——」

アナウンス係《がかり》はまわりの気《き》を引《ひ》くように少《すこ》し間《ま》を空《あ》けてから、紙《かみ》を読《よ》みあげた。

……。

「**『かわいいと思《おも》う人《ひと》』**！」

わあっと興奮《こうふん》した声《こえ》と悲鳴《ひめい》が響《ひび》きわたる。

なるほどー、と納得《なっとく》しながらも、なぜかわたしの心《こころ》はしぼんでいた。

「たしかに美少女《びしょうじょ》！」

「水沢若葉《みずさわわかば》、いいよなー」

「えー、神崎《かんざき》くんのタイプって水沢《みずさわ》さんなの!?」

「ショックー」

まわりのざわめきも、なんだかガラスをへだててるみたいに、少《すこ》し遠《とお》くに聞《き》こえる。

おかしいな……若葉《わかば》ちゃんは本当《ほんとう》にかわいいし。

初《はじ》めて会《あ》った時《とき》からずっと、見《み》るたびいつもかわいいなって思《おも》うし、顔《かお》だけじゃなくて性格《せいかく》もすごくかわいいもん。わたしが同《おな》じお題《だい》を引《ひ》いても、やっぱり若葉《わかば》ちゃんを真《ま》っ先《さき》に探《さが》すよ。

なのに、どうしてだろう？

……尊《たける》も、かわいい人《ひと》っていうと、若葉《わかば》ちゃんだって思《おも》うんだ……。

当《あ》たり前《まえ》のことなのに、なんだか胸《むね》がモヤモヤして、苦《くる》しくなってくる。

でも、若葉《わかば》ちゃんが帰《かえ》ってくるのが見《み》えたから、ムリやり笑顔《えがお》を作《つく》った。

「おかえりー！　おしかったね」

「――まなみ、これだけは言《い》っておくけど」

ずんずんと近《ちか》づいてくるなりわたしの両肩《りょうかた》にがしっと手《て》を置《お》いて、なんだか迫力《はくりょく》のにじむ真顔《まがお》で、若葉《わかば》ちゃんが言《い》う。

「私《わたし》は『とりあえず選《えら》ばれた』だけだからね？」

「『とりあえず選《えら》ばれた』!?」

「うん。尊《たける》が最初《さいしょ》に思《おも》いうかべたのは、私《わたし》じゃなかったと思《おも》う。『悪《わる》い』って言《い》ってたでしょ？」

若葉《わかば》ちゃんは、ギョッとするわたしの耳元《みみもと》で、声《こえ》をひそめて言葉《ことば》を続《つづ》ける。

「ほんとに一番《いちばん》かわいいと思《おも》う人《ひと》にたのむと、ドキドキして全校生徒《ぜんこうせいと》の前《まえ》で変身《へんしん》しちゃうかもしれないから、私《わたし》にたのんだんだよ」

ええ!?

「……ドキドキして変身《へんしん》しちゃうって……もしかして、尊《たける》に好《す》きな人《ひと》がいるってこと?」

わたしがたずねると、若葉《わかば》ちゃんは少《すこ》しだまってから、「たぶんね」と答《こた》えた。

「えー!? そうなんだ……なんか、ショーゲキ」

「まあ、この話《はなし》はやめよう……尊《たける》ファンの子《こ》たちからはにらまれるし、ほんとカンベンしてほしい……!」

❸ 尊《たける》の本音《ほんね》は……!?

借《か》り人競走《びときょうそう》が終《お》わって、次《つぎ》のつな引《ひ》きが始《はじ》まったけど、なんだか応援《おうえん》してても身《み》が入《はい》らなかった。

「ちょっとトイレに行《い》ってくるね」

別《べつ》にトイレに行《い》きたいわけじゃなかったけど、気分《きぶん》を変《か》えたくて、若葉《わかば》ちゃんにそう言《い》って、クラスの席《せき》をはなれる。

若葉《わかば》ちゃんはああ言《い》ってたけど、本当《ほんとう》に、尊《たける》に好《す》きな人《ひと》ができたのかな？

相手《あいて》はクラスメート？　応援団《おうえんだん》の人《ひと》？　実行委員《じっこういいん》？

わたしは全然気《ぜんぜんき》づかなかった……。

ボーッとしてたら、うっかり人《ひと》にぶつかって、転《ころ》んでしまった。

「痛《いた》っ……」

「悪《わる》い、だいじょうぶか？」

「はい、わたしがよく見《み》てなかったせいだから……」

言《い》いながら、ぶつかった相手《あいて》を見《み》ると、なんと杉先輩《すぎせんぱい》！

「……おまえ、神崎《かんざき》といっしょにいた……」

顔《かお》をこわばらせる杉先輩《すぎせんぱい》に、わたしは立《た》ちあがってお尻《しり》のほこりをはらいながら、「はい、斉《さい》賀《が》まなみです」と答《こた》える。

「あの、尊《たける》についてのデマを広《ひろ》めるのはやめてください」

いい機会《きかい》だと思《おも》って伝《つた》えると、杉先輩《すぎせんぱい》はギョッとしたように目《め》をみはった。

「なっ……」

「市大会《したいかい》で、尊《たける》が先輩《せんぱい》たちをバカにしてるって言《い》ってたでしょ？　たまたま聞《き》いたけど、尊《たける》は絶《ぜっ》対《たい》、そんなこと言《い》いません」

「……ウザ」

杉先輩《すぎせんぱい》はチッと舌打《したう》ちすると、それだけ言《い》って早足《はやあし》で行《い》ってしまった。

逃《に》げられた……。

思《おも》わずため息《いき》がもれたところで、なんだかヒジがヒリヒリするのに気《き》づく。

あっ、血《ち》が出《で》てる!?

転《ころ》んだ時《とき》に、すりむいたんだ……。

傷《きず》を洗《あら》うために水飲《みずの》み場《ば》へ行《い》くと、尊《たける》が蛇口《じゃぐち》から水《すい》とうに、水《みず》をついでいた。

「……尊《たける》」

「ん……まなみ。どうしたんだ、そのヒジ⁉」

わたしのケガに気《き》づいて、目《め》をみはる尊《たける》。

「転《ころ》んじゃったの」

となりの水道《すいどう》でジャーッと傷《きず》を洗《あら》いながら、なんとなく尊《たける》の顔《かお》が見《み》られなかった。

……傷《きず》がしみるけど、それより胸《むね》の方《ほう》がなんだかチクチクする……。

「ふーん……」

相《あい》づちを打《う》ちながら、水《すい》とうのふたを閉《し》めて、今度《こんど》は蛇口《じゃぐち》からゴクゴクと水《みず》を飲《の》む尊《たける》。

「……ねえ。尊《たける》、好《す》きな人《ひと》がいるの？」

わたしがポツリとたずねると、尊《たける》がブーッと水《みず》をふきだした。

「きたなっ。えっ、やめてよ」

「ゲホゲホッ……ゴホッ……おま、唐突《とうとつ》すぎ……ゴホゴホッ」

尊《たける》は激《はげ》しくむせながら、体《からだ》をかがめる。

「え、めっちゃうろたえてない⁉　これ変身《へんしん》するレベルだよね？」

「あー、ずっと応援団《おうえんだん》や競技《きょうぎ》で動《うご》きまわって、いつの間《ま》にかつかれがたまってたのか……まなみが変《へん》なこと言《い》うからだぞ」

せきを連発《れんぱつ》したからか、顔《かお》を赤《あか》くして、尊《たける》は口元《くちもと》をぬぐった。

「なんだよ、いきなり」

「若葉《わかば》ちゃんが、借《か》り人競走《びときょうそう》で尊《たける》からたのまれたのは、『とりあえず選《えら》ばれた』だけだって。一番《いちばん》かわいいと思《おも》う人《ひと》にたのむと、ドキドキしてキケンだからって言《い》うから……好《す》きな人《ひと》がいるのかなって」

「……そんなのいねーし！　若葉《わかば》にたのんだのは、幼《おさな》なじみでたのみやすかったからだ」

おこったような顔《かお》で、そっぽを向《む》きながら言《い》う尊《たける》。

「そうなんだ？　若葉《わかば》ちゃんのカンちがいってこと？」

「じゃねーの」

「じゃあなんで、お題《だい》をみた直後《ちょくご》に固《かた》まってたの？」

「そ、それは……下手《へた》な女子《じょし》にたのむと、ゴカイされるかもしれないだろ？　オレがその子《こ》のこ

と好《す》きだって思《おも》われるとめんどうだから、どうしようってあせってたんだよ」

「若葉《わかば》ちゃんならその心配《しんぱい》はないし、実際《じっさい》かわいいからピッタリだったってことか」

スジは通《とお》ってるね。

とりあえず、そういうことにしておこう……と思《おも》ったけど、気持《きも》ちは晴《は》れないまま。

わたしは傷《きず》のまわりをタオルでふいて、ポケットからバンソーコーをとりだした。

片手《かたて》じゃちょっとはりにくい……と思《おも》ってたら、尊《たける》が、「貸《か》せ」と手《て》をのばしてくる。

ぶっきらぼうな口調《くちょう》に反《はん》して、尊《たける》はわたしの傷《きず》にそっと、ていねいにバンソーコーをはった。

「……言《い》っとくけど、別《べつ》に若葉《わかば》のほうがまなみよりかわいいとかじゃないからな」

「……！」

見《み》すかされた気《き》がして、ドキッとした。

「まなみは行成《ゆきなり》と走《はし》ったばっかだったし……いや、走《はし》ってなかったけど。変身《へんしん》した直後《ちょくご》だったんだろ？　だから、ほんとはどっちでもよかったけど、若葉《わかば》にたのんだんだよ」

……うーん、なんか、そこはかとなく言《い》いわけっぽい感《かん》じがする……。

けど、気《き》をつかってくれたのはうれしいかな。

「うん。フォローありがとう」

「フォローとかじゃなくて！」

急《きゅう》に尊《たける》が強《つよ》い調子《ちょうし》で言《い》うから、息《いき》をのんだ。

尊《たける》は、赤面《せきめん》しながら、真剣《しんけん》な瞳《ひとみ》でまっすぐわたしを見《み》つめて、言葉《ことば》を続《つづ》ける。

「まなみは本当《ほんとう》に、かわ――」

「神崎《かんざき》！　そろそろ次《つぎ》の準備《じゅんび》するぞー」

応援団《おうえんだん》の男子生徒《だんしせいと》がかけよってきて、尊《たける》はグッと口元《くちもと》を引《ひ》きむすんだ。

「悪《わる》い。今《いま》行《い》く」

パッとわたしから顔《かお》をそむけて、男子《だんし》に向《む》かってそう言《い》いながら、一目散《いちもくさん》に走《はし》っていく尊《たける》。

……今《いま》、尊《たける》。

『かわいい』って言《い》おうとした……？

真剣《しんけん》そのものの、熱《ねつ》のこもったまなざしを思《おも》いだすと、心臓《しんぞう》がドキドキとさわぎだした。

なんだか体《からだ》に力《ちから》が入《はい》らなくなって、熱《あつ》くなったほおを両手《りょうて》でおさえながら、わたしはその場《ば》にうずくまる。

でもまさかあの尊《たける》が、そんなこと言《い》うかな？

ただのわたしのカンちがい？

でもあの流《なが》れだったら……と、なんだかうれしいような、はずかしいような気分《きぶん》で、ぐるぐる考《かんが》えていたら。

「——いた、まなみ！」

顔色《かおいろ》を変《か》えた若葉《わかば》ちゃんが、向《む》こうから走《はし》ってきた。

「しゃがみこんで、どうしたの!?」

「な、なんでもない。それより、若葉《わかば》ちゃんこそあわててるけど、どうしたの？」

若葉《わかば》ちゃんは、ハアハアとみだれた呼吸《こきゅう》をととのえながら、言《い》った。

「また……卵《たまご》を、見《み》つけたの！」

「！」

4 わきおこる疑惑《ぎわく》

「どこにあったの？」

「あっちの、サッカーのゴールポストのあたり」

若葉《わかば》ちゃんが指《ゆび》さした場所《ばしょ》を見《み》て、ハッとする。

「さっき、朝倉先輩《あさくらせんぱい》が一人《ひとり》でうつむいてた場所《ばしょ》だ……」

「そうなの？　……朝倉先輩《あさくらせんぱい》が体育祭《たいいくさい》で一人《ひとり》でってのは、ちょっと気《き》になるね」

若葉《わかば》ちゃんはまゆをひそめてから、言葉《ことば》を続《つづ》ける。

「そばを通《とお》った時《とき》にイヤな感《かん》じがしてね。探《さが》してみたら、手前《てまえ》のゴールポストのすぐそばに卵《たまご》が置《お》いてあったの。今《いま》、卵《たまご》は行成《ゆきなり》にあずけてある」

「見《み》つけられてよかったね。そのままにしてたら、だれかがふんでたかも」

もし、また卵《たまご》が割《わ》れて眠《ねむ》ってしまう生徒《せいと》が出《で》たら……次《つぎ》はちゃんと目覚《めざ》めるか心配《しんぱい》だし、今《いま》までみたいに眠《ねむ》るだけですんだとしても、きっと大《おお》さわぎになるだろう。

もう三回目《かいめ》だから、実行委員《じっこういいん》や応援団《おうえんだん》の練習《れんしゅう》が中止《ちゅうし》になった時以上《ときいじょう》に……。

そこまで考《かんが》えて、あっと気《き》づく。

「悪霊《あくりょう》は、やっぱり体育祭《たいいくさい》をジャマしたいのかな。卵《たまご》が割《わ》れたら大《おお》さわぎになって、体育祭《たいいくさい》は中《ちゅう》止《し》になるかもしれないから」

若葉《わかば》ちゃんも、うなずいた。

「あと、卵《たまご》が割《わ》れると雨《あめ》も降《ふ》るしね……私《わたし》はこれから、他《ほか》に卵《たまご》がしかけられてないか校庭《こうてい》をパトロールするつもり。まなみも手伝《てつだ》ってくれる？」

「もちろん！　少《すこ》しでもヘンな場所《ばしょ》があったら、いっしょに探《さが》そう！」


いそがしそうな尊《たける》には後《あと》で知《し》らせることにして、行成《ゆきなり》と合流《ごうりゅう》して、三人《にん》で卵《たまご》を探《さが》すことにした。

「卵《たまご》はケースと袋《ふくろ》に入《い》れて、ひとまず俺《おれ》のロッカーの中《なか》に置《お》いてきた」

「ケース？」

首《くび》をかしげるわたしに、行成《ゆきなり》は手提《てさ》げ袋《ぶくろ》から、二個《こ》ずつ入《はい》る卵専用《たまごせんよう》のケースを取《と》りだす。

「クッション材《ざい》がついてるアウトドア用《よう》の卵《たまご》ケース。体育祭本番《たいいくさいほんばん》でしかけられた時《とき》のために、いくつか買《か》っておいた」

「用意《ようい》がいい！」

「『降《ふ》らずとも雨《あめ》の用意《ようい》』……できる対策《たいさく》はしておいた方《ほう》がいいからな」

校庭《こうてい》のハジから順《じゅん》に歩《ある》いてまわるうちに、ふと若葉《わかば》ちゃんが足《あし》を止《と》めた。

「この辺《へん》……ありそう」

校舎近《こうしゃちか》くで、花《か》だんには色《いろ》とりどりの花《はな》が咲《さ》いている。

「……あっ、あった！」

おしりの高《たか》さくらいにある花《か》だんのブロックの囲《かこ》いの上《うえ》に、ピンポン球《だま》サイズの卵《たまご》が置《お》かれていた。座《すわ》るのにちょうどいい高《たか》さだから、おしゃべりしてる生徒《せいと》がなにげなく腰《こし》かけることがある場所《ばしょ》だし、だれかが見《み》えない卵《たまご》に気《き》づかずにさわっていたら下《した》に落《お》ちていたかも。

若葉《わかば》ちゃんが卵《たまご》をケースに入《い》れて、それをまた袋《ふくろ》に入《い》れて口《くち》をしばって、パトロールを再開《さいかい》。

「――朝倉先輩《あさくらせんぱい》だ」

行成《ゆきなり》の目線《めせん》の先《さき》をたどると、朝倉先輩《あさくらせんぱい》が、入場門《にゅうじょうもん》の裏《うら》あたりに置《お》かれたカゴの前《まえ》でしゃがみこんでいた。

入場門付近《にゅうじょうもんふきん》はそれなりに人《ひと》がくる場所《ばしょ》だけど、今《いま》は空《す》いていて、先輩以外《せんぱいいがい》にひとけがなかった。

ほどなく、友《とも》だちらしき人《ひと》たちが近《ちか》づいてきて、立《た》ちあがった先輩《せんぱい》は彼《かれ》らとどこかへ去《さ》っていく。

「行《い》ってみよう」

近《ちか》づくにつれて、若葉《わかば》ちゃんの表情《ひょうじょう》がこわばってきた。

「イヤな感《かん》じ、する……」

さっき朝倉先輩《あさくらせんぱい》が見《み》ていたカゴに、応援団《おうえんだん》の女子《じょし》がかけよってきて、中《なか》に手《て》を入《い》れようとしたから、わたしはあわてて声《こえ》をあげた。

「待《ま》って！」

応援団女子《おうえんだんじょし》を引《ひ》き止《と》めて、先《さき》にカゴをのぞきこむ。

中《なか》には、いくつかの応援用《おうえんよう》のポンポンが入《はい》ってた。

わたしがしんちょうにそれを取《と》りだすと——あの卵《たまご》が、あった……！

「ごめんなさい、もうだいじょうぶです」

若葉《わかば》ちゃんは不思議《ふしぎ》そうにしてる応援団女子《おうえんだんじょし》にそう言《い》ってから、カゴの中《なか》で見《み》つけた卵《たまご》を持《も》って、その場《ば》をはなれる。

「どういうこと!?　まさか朝倉先輩《あさくらせんぱい》に悪霊《あくりょう》がとりついてるの？」

「朝倉先輩《あさくらせんぱい》はスポーツできるし、体育祭《たいいくさい》をジャマする理由《りゆう》はなさそうだけど……？」

「……応援団《おうえんだん》か実行委員《じっこういいん》のだれかに、うらみがあるとしたら？」

卵《たまご》をケースにしまいながら、行成《ゆきなり》が言《い》った。

「たとえば、キャプテンとしてだれより熱心《ねっしん》にバスケに打《う》ちこんでいた時《とき》、自分《じぶん》より実力《じつりょく》のある一年生《ねんせい》が入部《にゅうぶ》してくる。その一年生《ねんせい》はすぐにレギュラーになるが、大事《だいじ》な大会《たいかい》の前《まえ》に理由《りゆう》も言《い》わず休部《きゅうぶ》する」

「それって……尊《たける》のこと？」

行成《ゆきなり》はうなずいて、言葉《ことば》を続《つづ》ける。

「顧問《こもん》の地井川先生《ちいかわせんせい》は、休部《きゅうぶ》した尊《たける》に未練《みれん》タラタラ。市大会《したいかい》では二回戦負《かいせんま》け。朝倉先輩《あさくらせんぱい》は自分《じぶん》の力不足《ちからぶそく》をなげくと同時《どうじ》に、めぐまれているようにみえる尊《たける》に大《おお》きな嫉妬心《しっとしん》を抱《いだ》いて、そこを悪霊《あくりょう》につけこまれた――あくまでも推測《すいそく》だが、つじつまは合《あ》う」

「朝倉先輩《あさくらせんぱい》が本当《ほんとう》は尊《たける》をきらってて、尊《たける》がバス

ケに代《か》わって熱中《ねっちゅう》してる体育祭《たいいくさい》をジャマしようとしてるってこと？　でも、朝倉先輩《あさくらせんぱい》は尊《たける》に言《い》いがかりをつける杉先輩《すぎせんぱい》を止《と》めてくれたし、尊《たける》も尊敬《そんけい》してる、やさしい先輩《せんぱい》だよ!?」

「――心《こころ》の中《なか》は、わからないよ」

そう言《い》ったのは、若葉《わかば》ちゃんだ。

「ニコニコしてても、うらでは悪口《わるくち》を言《い》ってる人《ひと》もいる。心《こころ》の中《なか》は、負《ふ》の感情《かんじょう》であふれているかもしれない……」

ぽつぽつと話《はな》す若葉《わかば》ちゃんの瞳《ひとみ》が、吸《す》いこまれそうなほど暗《くら》く見《み》えて、思《おも》わず息《いき》をのんだ。

「自分以外《じぶんいがい》の人《ひと》が、本当《ほんとう》は何《なに》を考《かんが》えてるかなんて、どんなに近《ちか》しい人《ひと》でも、わからない」

「若葉《わかば》ちゃん……？」

急《きゅう》に若葉《わかば》ちゃんを遠《とお》くに感《かん》じて、わたしがジャージのすそをギュッとつかむと、大好《だいす》きな幼《おさな》じみはハッとしたようにまばたきした。

「こわがらせてゴメン。でも、私《わたし》も朝倉先輩《あさくらせんぱい》に悪霊《あくりょう》がついててもおかしくないと思《おも》うよ。特《とく》に、嫉妬《しっと》は自分《じぶん》ではどうにもならない感情《かんじょう》だから、やさしい人《ひと》でも悪霊《あくりょう》にとりつかれると暴走《ぼうそう》しちゃうのかも」

「……たしかに、朝倉先輩本人《あさくらせんぱいほんにん》は、悪霊《あくりょう》にとりつかれてるって気《き》づいてない可能性《かのうせい》があるよね」

前《まえ》の猫《ねこ》の悪霊《あくりょう》の時《とき》も、とりつかれていた佐穂《さほ》ちゃんには、悪霊《あくりょう》つきとして活動《かつどう》していた時《とき》の記《き》憶《おく》がなかった。

「だけど、これを知《し》ったら尊《たける》は……」

朝倉先輩《あさくらせんぱい》のことを尊敬《そんけい》していた尊《たける》の姿《すがた》を思《おも》いだすと、胸《むね》がずんと重《おも》くなった。

「まだ尊《たける》のことが原因《げんいん》とはかぎらないし、朝倉先輩《あさくらせんぱい》が黒《くろ》だと決《き》まったわけじゃない。ただ、あやしいことは確《たし》かだから、俺《おれ》はこの先《さき》、先輩《せんぱい》を見《み》はることにする。若葉《わかば》とまなみは引《ひ》きつづきパトロールをして、すべての卵《たまご》を回収《かいしゅう》してくれ。尊《たける》に知《し》らせるのは、それからにしよう」

「わかった！」

5 不吉《ふきつ》な予感《よかん》と、まさかの犯人《はんにん》!?

その後《ご》、校庭中《こうていじゅう》を探《さが》しまわったけど、それ以上卵《いじょうたまご》は見《み》つからなかった。

校舎《こうしゃ》の中《なか》も気《き》になったけど、そこまでパトロールするよゆうは、さすがにない。

「朝倉先輩《あさくらせんぱい》も、あの後《あと》は特《とく》に目立《めだ》った行動《こうどう》はなかった」

クラスの応援席《おうえんせき》の後《うし》ろで、行成《ゆきなり》と結果《けっか》を報告《ほうこく》しあう。

「尊《たける》に話《はな》すのは、お昼休《ひるやす》みかな」

今《いま》やってる教職員《きょうしょくいん》リレーの次《つぎ》はもう、午前中《ごぜんちゅう》ラストの、選抜《せんばつ》リレー。

四月《がつ》のスポーツテストで選《えら》ばれた学年代表《がくねんだいひょう》として、尊《たける》が出場予定《しゅつじょうよてい》だった。

「うおおおおお、これがおれの筋肉《きんにく》ダッシュだああああああ――――!」

「地井川先生《ちいかわせんせい》の走《はし》り、やば！　闘牛《とうぎゅう》かよ！」

「あっ、こけた」

「赤《あか》が負《ま》けてるなー」

「選抜《せんばつ》リレーは得点《とくてん》でかいから、一気《いっき》に逆転《ぎゃくてん》できるかも」

「ねー、どこが一番《いちばん》見《み》やすいかな？」

「バトンゾーンはもう人《ひと》がいっぱいだよ」

午前《ごぜん》のクライマックスに向《む》けて、応援席《おうえんせき》もますますにぎわっている。

「なんか、急《きゅう》に空《そら》がくもってきたね」

「ああ。さっきまではあんなに晴《は》れていたのに……」

わたしと行成《ゆきなり》が空《そら》を見《み》あげて話《はな》していたら、若葉《わかば》ちゃんがぶるっと体《からだ》をふるわせた。

「……寒《さむ》い……！」

自分《じぶん》の体《からだ》を抱《だ》きしめるようにしながら、そう言《い》った若葉《わかば》ちゃんの顔色《かおいろ》は、卵《たまご》を見《み》つけた時《とき》以上《いじょう》に真《ま》っ青《さお》になっていた。

「若葉《わかば》ちゃん、だいじょうぶ？」

「……気分《きぶん》が、悪《わる》……！」

色《いろ》を失《うしな》ったくちびるがふるえて、ふらっとたおれかけた細《ほそ》い体《からだ》を、すぐに行成《ゆきなり》が支《ささ》える。

「横《よこ》になれるところに移動《いどう》しようか？」

「………うん……ごめん」

「わたし、先生呼《せんせいよ》んでくる」

「いい。俺《おれ》がつれていく方《ほう》が早《はや》い」

「ゆ、行成《ゆきなり》……おんぶが、いい」

お姫《ひめ》さま抱《だ》っこしようとした行成《ゆきなり》に、しんどそうながらも鬼気《きき》せまった目《め》でリクエストする若《わか》葉《ば》ちゃん。

わかる、悪目立《わるめだ》ちしたくないよね……。

話《はな》している間《あいだ》にポツリ、ポツリ……と雨《あめ》が降《ふ》りだし、行成《ゆきなり》が若葉《わかば》ちゃんをおぶった時《とき》には本降《ほんぶ》りになった。

「なんだよ、この雨《あめ》ー」

「めっちゃ急《きゅう》じゃん」

「屋根《やね》あるとこに逃《に》げよー」

「さ、逆《さか》さてるてる坊主《ぼうず》の力《ちから》……!?」

生徒《せいと》たちがざわつく中《なか》、アナウンスが響《ひび》く。

『雨《あめ》のため、体育祭《たいいくさい》を一時中断《いちじちゅうだん》します。生徒《せいと》のみなさんは、自分《じぶん》のクラスの教室《きょうしつ》にもどってください』

全校生徒《ぜんこうせいと》が移動《いどう》していく流《なが》れにのって、わたしたちもいっしょに校舎《こうしゃ》へと向《む》かった。

とちゅうで担任《たんにん》の先生《せんせい》に会《あ》えたので、若葉《わかば》ちゃんが気分《きぶん》が悪《わる》くなったから、保健室《ほけんしつ》に連《つ》れていくことを伝《つた》える。


保健室《ほけんしつ》のカギは開《あ》いていたけれど、先生《せんせい》はいなかった。

「だいじょうぶ？　何《なに》かわたしにできることある？」

ベッドに横《よこ》になった若葉《わかば》ちゃんに布団《ふとん》をかけながら聞《き》くと、若葉《わかば》ちゃんは青白《あおじろ》い顔《かお》で、「ありがとう」とほほ笑《え》んだ。

「横《よこ》になれて、少《すこ》し、楽《らく》になったよ」

そうは言《い》っても声《こえ》は弱々《よわよわ》しくて、まだ気分《きぶん》が悪《わる》そう……あれ？

「待《ま》って、指先《ゆびさき》が……！」

布団《ふとん》のはしをつかんでいた若葉《わかば》ちゃんの手《て》のひらを開《ひら》くと、指先《ゆびさき》から手《て》の全体《ぜんたい》が紫《むらさき》と黒《くろ》のマダラもように染《そ》まっていた！

「ティッシュで包《つつ》んだとはいえ、立《た》てつづけに三個《こ》もあの卵《たまご》をさわったからかもしれない。若葉《わかば》は呪《のろ》いにビンカンだから、卵《たまご》を見《み》つけたら俺《おれ》が手《て》にとるべきだったな」

行成《ゆきなり》が、めずらしく後悔《こうかい》するように顔《かお》をしかめた時《とき》。

「——若葉《わかば》！」

ガラッとトビラが開《あ》いて、尊《たける》が飛《と》びこんでくる。

「だいじょうぶか!?　たおれたって聞《き》いたぞ」

「体調悪《たいちょうわる》い人《ひと》がいるんだから静《しず》かにしようよ、尊《たける》」

わたしがたしなめると、「悪《わる》い」と尊《たける》はまゆを下《さ》げた。

「尊《たける》はいそがしそうだったから後《あと》で伝《つた》えるつもりだったが、今日《きょう》、校庭《こうてい》でまたあの卵《たまご》を三つ、発《はっ》見《けん》したんだ」

窓《まど》ぎわにいる行成《ゆきなり》が説明《せつめい》する。

窓《まど》の外《そと》では、雨《あめ》がどんどん激《はげ》しくなって、どしゃ降《ぶ》りになっていた。

「三つも!?」

「おそらく若葉《わかば》がたおれたのは、その時《とき》に卵《たまご》に立《た》てつづけにふれてしまったせいだ。若葉《わかば》の手《て》のひらには今《いま》、卵《たまご》と同《おな》じような紫《むらさき》と黒《くろ》のマダラもようが浮《う》きでている」

「そんな……体育祭《たいいくさい》の間《あいだ》にしかけられたってことだよな!?　早《はや》く悪霊《あくりょう》をつかまえねーと……なにか手《て》がかりは残《のこ》ってなかったのか？」

一瞬《いっしゅん》、その場《ば》に沈黙《ちんもく》がおりる。

「……あのね。尊《たける》は信《しん》じたくない話《はなし》かもしれないけど……」

わたしたちは尊《たける》に、卵《たまご》を発見《はっけん》した三つのうち、二つの場所《ばしょ》で、朝倉先輩《あさくらせんぱい》を見《み》たことを伝《つた》えた。

「……朝倉《あさくら》センパイに、悪霊《あくりょう》がついてる……!?」

サーッと青《あお》ざめて、つぶやく尊《たける》。

「まだ断定《だんてい》はできないが、何《なん》らかのかかわりがある可能性《かのうせい》が高《たか》い。あと、この雨《あめ》だが——」

もはや嵐《あらし》のように窓《まど》ガラスを打《う》ちつけている雨《あめ》を見《み》て、行成《ゆきなり》が言葉《ことば》をつぐ。

「今回《こんかい》の悪霊《あくりょう》は、**『雨乞《あまご》い鳥《どり》』**とも言《い》われる**『アカショウビン』**でほぼ、まちがいないと思《おも》う」

雨乞《あまご》い鳥《どり》……！

「俺《おれ》は最初《さいしょ》、悪霊《あくりょう》が何《なん》の動物《どうぶつ》かを調《しら》べるため、同《おな》じ形状《けいじょう》の卵《たまご》を図鑑《ずかん》で探《さが》したが、しっくりくるものは見《み》つからなかった。次《つぎ》に雨《あめ》に関係《かんけい》する動物《どうぶつ》で、かつ『キョロロロ……』という笛《ふえ》のような鳴《な》き声《ごえ》をもつものを探《さが》した時《とき》、ピッタリだったのがアカショウビンだ。アカショウビンの卵《たまご》は本来《ほんらい》白《しろ》いが、同《おな》じピンポン球《だま》サイズ。毒《どく》のせいで色《いろ》が変化《へんか》することはあり得《え》る。そして、悪霊《あくりょう》の力《ちから》が強《つよ》まることで、卵《たまご》が割《わ》れなくても雨《あめ》を呼《よ》べるようになったのかもしれない」

「私《わたし》もそう思《おも》う……この雨《あめ》は、悪霊《あくりょう》が呼《よ》んだんだ」

ベッドに横《よこ》たわりながら、若葉《わかば》ちゃんも同意《どうい》した。

「こんな雨《あめ》が続《つづ》けば、体育祭《たいいくさい》は中止《ちゅうし》するしかないから……」

そんな……まだとちゅうで、選抜《せんばつ》リレーや、応援団《おうえんだん》のダンスや学年演技《がくねんえんぎ》、クラス対抗《たいこう》の大《おお》なわとびとか、みんながたくさん練習《れんしゅう》した、盛《も》りあがる種目《しゅもく》がたくさん残《のこ》ってるのに……！

「若葉《わかば》ちゃんが気分《きぶん》が悪《わる》くなったのは、雨《あめ》が降《ふ》りだす直前《ちょくぜん》だったよね。卵《たまご》にさわったのもあるけど、雨《あめ》を呼《よ》ぶ悪霊《あくりょう》の力《ちから》に反応《はんのう》してるってことはない？」

わたしが言《い》うと、若葉《わかば》ちゃんはコクリとうなずいた。

「……今回《こんかい》の悪霊《あくりょう》は、本当《ほんとう》に、ヤバい感《かん》じがする……」

ぼそりとつぶやいた若葉《わかば》ちゃんの言葉《ことば》に、冷《つめ》たいものが背《せ》すじをはしる。

尊《たける》も行成《ゆきなり》も、ほおを強《こわ》ばらせていた。

ゴクリ、とツバを飲《の》みこんだ直後《ちょくご》、だれかが近《ちか》づいてくる足音《あしおと》をわたしの猫《ねこ》の耳《みみ》がキャッチした。

「もどるのがおくれて、ごめんなさい。だいじょうぶ、水沢《みずさわ》さん？」

部屋《へや》に入《はい》ってきたのは、保健《ほけん》の先生《せんせい》。

「はい……貧血《ひんけつ》だと思《おも》います」

「顔色《かおいろ》が悪《わる》いから、水沢《みずさわ》さんはゆっくり休《やす》んでいきなさい。——あなたたちは、クラスにもどって。昼休《ひるやす》みを少《すこ》し早《はや》めて、天気《てんき》が回復《かいふく》するまで、生徒《せいと》は教室《きょうしつ》で待《ま》つことになったから」

先生《せんせい》に言《い》われて、若葉《わかば》ちゃん以外《いがい》のチーム㋐《マルア》の三人《にん》は廊下《ろうか》に出《で》る。

「……なんで朝倉《あさくら》センパイが……入場門《にゅうじょうもん》も、センパイがこわした？　信《しん》じられない、あの人《ひと》はそんなことする人《ひと》じゃ………」

ぐしゃっと自分《じぶん》の前髪《まえがみ》をつかみながら、苦《くる》しそうな表情《ひょうじょう》でつぶやく尊《たける》。

「きっと朝倉先輩《あさくらせんぱい》は知《し》らないうちに、悪霊《あくりょう》にあやつられてるんだよ！」

わたしが言《い》うと、尊《たける》はハッとしたように目《め》をみはった。

行成《ゆきなり》が、いつもどおり冷静《れいせい》に告《つ》げる。

「今《いま》は事情《じじょう》を探《さぐ》っている時間《じかん》はない。この雨《あめ》が昼休《ひるやす》み以降《いこう》も続《つづ》くなら、体育祭《たいいくさい》は中止《ちゅうし》になるぞ。長引《ながび》けば若葉《わかば》の体調《たいちょう》も心配《しんぱい》だ」

「そうだな。朝倉《あさくら》センパイに悪霊《あくりょう》がついてるなら、一刻《いっこく》も早《はや》く引《ひ》きはがして昇天《しょうてん》させよう！」

わたしたちは、先《さき》に一つ卵《たまご》を置《お》いていた行成《ゆきなり》のロッカーに、残《のこ》り二つの卵《たまご》も入《い》れてから、朝倉《あさくら》先輩《せんぱい》のクラスに向《む》かった。

開《あ》いていたトビラから教室《きょうしつ》をのぞきこむと、先生《せんせい》はいなくて、朝倉先輩《あさくらせんぱい》は友《とも》だちと机《つくえ》をよせてお弁当《べんとう》を食《た》べている。

トビラのそばにいた生徒《せいと》にたのんで呼《よ》んでもらうと、朝倉先輩《あさくらせんぱい》は笑顔《えがお》ですぐにこちらにやってきた。

「どうした、神崎《かんざき》？」

「センパイ、大事《だいじ》な話《はなし》があるので、ついてきてもらえますか？」

「……今《いま》すぐ？」

「今《いま》すぐです」

尊《たける》が真剣《しんけん》な顔《かお》で言《い》うと、朝倉先輩《あさくらせんぱい》もまじめな表情《ひょうじょう》になって、わかった、とうなずいた。

朝倉先輩《あさくらせんぱい》を連《つ》れて、移動《いどう》してきたのは、ひとけのない玄関《げんかん》ホール。

「——それで、こんなところまで連《つ》れてきて、なんの話《はなし》なんだ？」

向《む》かいあった朝倉先輩《あさくらせんぱい》に、不思議《ふしぎ》そうにたずねられる。

「センパイ。今日《きょう》、応援団《おうえんだん》のポンポンを入《い》れたカゴの前《まえ》にしゃがみこんで、何《なに》してたんですか？」

尊《たける》がまっすぐに見《み》つめながら切《き》りだすと、朝倉先輩《あさくらせんぱい》の顔《かお》がギクリとしたようにこわばった。

卵《たまご》をしかけている時《とき》は、悪霊《あくりょう》にあやつられて記憶《きおく》がないのかと思《おも》っていたけど、この反応《はんのう》……。

まさか朝倉先輩《あさくらせんぱい》、自分《じぶん》の意思《いし》で卵《たまご》を置《お》いていた……⁉

「べつに……なんとなく、ながめてただけだよ」

明《あき》らかに動揺《どうよう》している先輩《せんぱい》の姿《すがた》に、尊《たける》は痛《いた》みをこらえるようにくちびるをかみしめてから、さらに質問《しつもん》する。

「サッカーのゴールポストのあたりを、一人《ひとり》でうろついていたのは？」

「それがどうしたんだ？　そのへんで、何《なに》かあったのか？」

朝倉先輩《あさくらせんぱい》は笑顔《えがお》で逆《ぎゃく》にたずねてきたけど、目《め》は笑《わら》っていなかった。

「センパイ、ごまかさないでください！」

尊《たける》が声《こえ》をはりあげると、朝倉先輩《あさくらせんぱい》から作《つく》り笑《わら》いが消《き》えた。

「…………神崎《かんざき》。俺《おれ》は実《じつ》はずっと、おまえのことをうらんでいる——」

ピカッ！

朝倉先輩《あさくらせんぱい》がそう言《い》った瞬間《しゅんかん》、稲光《いなびかり》がひらめき、ドーンと大《おお》きな雷鳴《らいめい》がとどろく。

嵐《あらし》はさらに激《はげ》しさを増《ま》し、ザーザーとうるさいくらいの雨音《あまおと》が、玄関《げんかん》ホールに響《ひび》いていた。

6 対決《たいけつ》！　真《しん》の敵《てき》

朝倉先輩《あさくらせんぱい》が口《くち》を閉《と》ざすと、尊《たける》はすぐにその場《ば》をダッと走《はし》りだした。

「尊《たける》！」

わたしと行成《ゆきなり》も、その背中《せなか》を追《お》いかける。——たどりついたのは、体育館《たいいくかん》。

トビラをあけると、だだっぴろい体育館《たいいくかん》の暗闇《くらやみ》の中《なか》で、一人《ひとり》の男子生徒《だんしせいと》がたたずんでいた。

電気《でんき》をつけると、その全身《ぜんしん》から、ゆらゆらと不気味《ぶきみ》な黒《くろ》い〈もや〉が立《た》ちのぼっているのが見《み》えた。

「あんたに悪霊《あくりょう》がついてたのか……」

右手《みぎて》の中指《なかゆび》のバンソーコーを外《はず》しながら、尊《たける》が呼《よ》びかけると、その男子生徒《だんしせいと》はギョロリと血走《ちばし》った目《め》を開《ひら》いて、わたしたちをにらみつけた。

『センパイ、ごまかさないでください！』

玄関《げんかん》ホールでそう言《い》った尊《たける》に、朝倉先輩《あさくらせんぱい》は、教《おし》えてくれたんだ。

『………神崎《かんざき》。俺《おれ》は実《じつ》はずっと、おまえのことをうらんでいるような、杉《すぎ》の行動《こうどう》を見《み》はってたんだ。入場門《にゅうじょうもん》がこわされた日《ひ》の朝《あさ》、俺《おれ》はたまたま、杉《すぎ》が入場門《にゅうじょうもん》にかけられていたシートをさわっているところを見《み》ていた。事件《じけん》が分《わ》かった後《あと》、俺《おれ》は杉《すぎ》がこわしたんじゃないかと問《と》いつめたが、杉《すぎ》は知《し》らないと答《こた》えた。見《み》まちがいだろうと……本当《ほんとう》にキョトンとしていて、ウソをついてるようには見《み》えなかったが、俺《おれ》は少《すこ》し前《まえ》に、杉《すぎ》が一人《ひとり》でぶつぶつと神崎《かんざき》の悪口《わるくち》をつぶやきながら、かべを蹴《け》りつける姿《すがた》も見《み》かけていた。だから、今日《きょう》の体育祭《たいいくさい》でも何《なに》かおかしなことをしないか見《み》はり、不審《ふしん》な行動《こうどう》があれば、後《あと》を追《お》って調《しら》べていたんだ……何《なに》も見《み》つからなかったが』

朝倉先輩《あさくらせんぱい》がゴールポストやカゴのあたりにいたのは、杉先輩《すぎせんぱい》の行動《こうどう》を追《お》っていたから、だったんだ。

そして、朝倉先輩《あさくらせんぱい》の話《はなし》を聞《き》いた尊《たける》は、すぐに犬《いぬ》の鼻《はな》の能力《のうりょく》を使《つか》って杉先輩《すぎせんぱい》のニオイを探《さが》し、体《たい》育館《いくかん》にたどりついた。

体育館《たいいくかん》に一人《ひとり》でいた杉先輩《すぎせんぱい》は、ガラガラのしゃがれた声《こえ》で、話《はな》しだす。

『神崎《かんざき》……ヨクモ二年前《ねんまえ》ノ小学校《しょうがっこう》ノリレーデ、オレニ恥《はじ》ヲカカセタナ……』

その言葉《ことば》に、ハッと記憶《きおく》がよみがえった。

そういえば一昨年《おととし》のリレーで尊《たける》がごぼう抜《ぬ》きした相手《あいて》の中《なか》に、杉先輩《すぎせんぱい》がいたかも……！

『バスケ部《ぶ》デモ、オレカラレギュラーヲウバッタクセニ、アッサリ休部《きゅうぶ》ナンテ、馬鹿《ばか》ニシヤガッテ……オマエガ準備《じゅんび》シタ体育祭《たいいくさい》ナンテ、ツブシテヤル……！』

「体育祭《たいいくさい》は生徒《せいと》みんなのものだ。オレへのうらみと、体育祭《たいいくさい》のイヤな思《おも》い出《で》をごっちゃにして、まわりをまきこむなよ！」

尊《たける》が怒鳴《どな》ると、杉先輩《すぎせんぱい》は大《おお》きくまゆをつり上《あ》げて、さけぶ。

『ウルサイ、ウルサイ！』

そして、まるでゾンビのような表情《ひょうじょう》で、白目《しろめ》をむき出《だ》しながら尊《たける》に襲《おそ》いかかってきた！

その両手《りょうて》には、ギラリと長《なが》くするどいカギ爪《づめ》が生《は》えている！

勢《いきお》いよく振《ふ》りおろされる爪《つめ》の、一撃目《げきめ》は身《み》を反《そ》らし、二撃目《げきめ》をかがんでよけると、尊《たける》はグッとこぶしをにぎって——

「目《め》をさませ！」

杉先輩《すぎせんぱい》のボディに思《おも》いっきりパンチをたたきこんだ。

「グハッ」

尊《たける》の指輪《ゆびわ》がピカッと赤《あか》い光《ひかり》を放《はな》ち、杉先輩《すぎせんぱい》がガクリとたおれこむ。

杉先輩《すぎせんぱい》の真上《まうえ》に、黒《くろ》い〈もや〉をまとった、巨大《きょだい》な赤《あか》い鳥《とり》が現《あらわ》れた！

『憎《にく》イ……コロス……！』

その頭《あたま》から足先《あしさき》までの体長《たいちょう》は一メートル以上《いじょう》、広《ひろ》げた羽《はね》は左右《さゆう》に四メートルはある。

悪霊《あくりょう》の化《ば》け鳥《どり》は、バサバサとつばさをはばたかせながら、らんらんと光《ひか》る金色《きんいろ》の目《め》でわたしたちをにらみつけた。

そして、耳《みみ》をつんざくような甲高《かんだか》い声《こえ》で、「キィアアア――！」と一鳴《ひとな》きすると、紫《むらさき》のモヤモヤしたケムリを、こちら目《め》がけてはきだしてきた！

ゾッとイヤな予感《よかん》がして、それをよけるわたしたち。

瞬間《しゅんかん》、かすかに甘《あま》い香《かお》りが鼻《はな》をついた。

「これ、あの卵《たまご》が割《わ》れた時《とき》にしたニオイ！」

「毒《どく》の息《いき》か。くらったらまずそうだ」

『コロス、コロス……！』

化《ば》け鳥《どり》はけたたましい声《こえ》をあげながら飛《と》んできて、いくつもの毒《どく》の息《いき》を連発《れんぱつ》してきた！

冷《ひ》や冷《ひ》やしながらも紫《むらさき》のケムリをステップでかわし、三人《にん》とも空気《くうき》がキレイなところへ移動《いどう》する。

わたしたちがケムリの攻撃《こうげき》をふせぐと、化《ば》け鳥《どり》はすごいスピードで飛《と》びまわりはじめた。

体育館《たいいくかん》の屋根《やね》の下《した》を上下左右《じょうげさゆう》、奥《おく》に手前《てまえ》にと動《うご》きまわり、視線《しせん》が追《お》いつかない……！

しまった見《み》うしなった、と思《おも》った瞬間《しゅんかん》。

化《ば》け鳥《どり》はバサバサッと行成《ゆきなり》の真横《まよこ》に急降下《きゅうこうか》し、行成《ゆきなり》の顔《かお》に鋭利《えいり》なカギ爪《づめ》をつきたてる！

「見《み》えてる」

行成《ゆきなり》はひらりと後《あと》ずさることでカギ爪《づめ》をよけると、長《なが》い足《あし》をふりあげて悪霊《あくりょう》を思《おも》いっきり蹴《け》りつけた。

さすがタカの動体視力《どうたいしりょく》！

行成《ゆきなり》に蹴《け》りとばされた化《ば》け鳥《どり》は、わたしのすぐ目《め》の前《まえ》に落下《らっか》した。

「まなみ！」

「わかってる！　——昇天《しょうてん》して」

すかさず、化《ば》け鳥《どり》に指輪《ゆびわ》をはめた右手《みぎて》をかざす。

ピンクの光《ひかり》が手《て》のひらからあふれ出《だ》し、悪霊《あくりょう》をつつんでいた黒《くろ》い〈もや〉を飲《の》みこんだ——と
思《おも》った瞬間《しゅんかん》、黒《くろ》い〈もや〉がぶわっと復活《ふっかつ》し、逆《ぎゃく》にピンクの光《ひかり》が飲《の》みこまれた⁉

『コロス！』

「！」

化《ば》け鳥《どり》のクチバシから毒《どく》の息《いき》がはき出《だ》され、わたしはそれを正面《しょうめん》からあびてしまう。

甘《あま》い香《かお》りに包《つつ》まれて、強《つよ》い頭痛《ずつう》とめまいにおそわれた。

体《からだ》が固《かた》まって頭《あたま》から床《ゆか》にたおれかけたところを、

「まなみ！」

両腕《りょうで》をのばして飛《と》びこんできた尊《たける》に受《う》けとめられる。

尊《たける》はわたしを抱《だ》きしめたままゴロゴロと転《ころ》がって、敵《てき》から距離《きょり》をとった。

「こっちだ、悪霊《あくりょう》！」

行成《ゆきなり》がボン！　と変身《へんしん》して挑発《ちょうはつ》すると、巨大《きょだい》な赤《あか》い鳥《とり》のバケモノは甲高《かんだか》い声《こえ》をあげ、タカを追《お》いかけて飛《と》びあがっていく。

「だいじょうぶか、まなみ⁉」

「…………う、ん…………」

のどからしぼりだした声《こえ》はかすれて、やっと音《おと》になるくらい。

頭《あたま》がくらくらして、ひどい風邪《かぜ》をひいた時《とき》みたいに全身《ぜんしん》が熱《あつ》くて重《おも》かった。

指先《ゆびさき》すらピクリとも動《うご》かせない。

うすく開《あ》けた瞳《ひとみ》から、顔色《かおいろ》を変《か》えてこっちをのぞきこむ尊《たける》を見《み》ながら、答《こた》える。

「体《からだ》が、動《うご》かない……」

やっとのことで告《つ》げると、尊《たける》はくやしそうにくちびるをかみしめながら、わたしを体育館《たいいくかん》のすみに横《よこ》たえた。

「あの化《ば》け鳥《どり》……ゼッタイ許《ゆる》さねー！」

「まさか、指輪《ゆびわ》が、効《き》かないなんて……」

「嵐《あらし》を呼《よ》ぶくらい強力《きょうりょく》なやつだからか？　弱《よわ》らせてからじゃないと、昇天《しょうてん》させられないのかもな」

タカになった行成《ゆきなり》が、飛《と》びまわりながらスキをついて、敵《てき》に爪《つめ》やクチバシで攻撃《こうげき》しているけれど、うまくよけられている。

あっ、攻撃《こうげき》をよけた化《ば》け鳥《どり》が、行成《ゆきなり》に紫《むらさき》のケムリをはいた！

タカは間一髪《かんいっぱつ》のところで毒《どく》の息《いき》をかわして、距離《きょり》をとる。あぶなかった……！

いったい、どうしたらいいんだろう？

敵《てき》はすばやい上《うえ》に、飛《と》びまわるから、地上《ちじょう》でしか動《うご》けない尊《たける》には、なかなか手《て》が出《だ》せない。

わたしは地上《ちじょう》ですら動《うご》けなくなっている。

行成《ゆきなり》も一人《ひとり》では、いつか攻撃《こうげき》を受《う》けてしまうか、タイムオーバーで変身《へんしん》が解《と》けてしまう……。

「あいつを地面《じめん》に落《お》として、ダメージを与《あた》える方法《ほうほう》……」

尊《たける》も必死《ひっし》に考《かんが》えてるみたいだったけど、「尊《たける》！」と上《うえ》から声《こえ》がして、バッと顔《かお》をあげる。

「やりたいことがある。時間《じかん》をかせいでほしい」

「わかった！」

行成《ゆきなり》にたのまれて、尊《たける》が化《ば》け鳥《どり》の方《ほう》へと走《はし》りだした時《とき》。

「ん、んん……？」

気絶《きぜつ》していた杉先輩《すぎせんぱい》が、目《め》をさました。

「うわあああ、なんだ、バケモノー!?」

体育館《たいいくかん》の天井《てんじょう》を飛《と》びまわる巨大《きょだい》な鳥《とり》を見《み》て、杉先輩《すぎせんぱい》が出《だ》した大声《おおごえ》は悪霊《あくりょう》を刺激《しげき》した！

『ウルサイ……消《き》エロ！』

化《ば》け鳥《どり》はするどい爪《つめ》で、杉先輩《すぎせんぱい》に襲《おそ》いかかる！

「あぶねえ！」

尊《たける》が先輩《せんぱい》に飛《と》びつく。

赤《あか》い液体《えきたい》が飛《と》び散《ち》った。

「「尊《たける》ー!?」」

7 体育館《たいいくかん》の死闘《しとう》！

「くっ……」

顔《かお》をしかめる尊《たける》の右《みぎ》のほおが裂《さ》けて、血《ち》が流《なが》れていた。

化《ば》け鳥《どり》の攻撃《こうげき》から先輩《せんぱい》をかばった時《とき》に、カギ爪《づめ》が尊《たける》の顔《かお》をえぐったんだ。

すごく痛《いた》そうで、見《み》てるだけのわたしが泣《な》きそうになる。

化《ば》け鳥《どり》が再《ふた》び尊《たける》を襲《おそ》おうとした瞬間《しゅんかん》、すかさずタカの行成《ゆきなり》が体当《たいあ》たりの突撃《とつげき》をした。

つばさをはばたかせて、再《ふた》び天井《てんじょう》へと逃《のが》れる化《ば》け鳥《どり》。

「あ……あ……神《かん》、崎《ざき》!?」

「あんたはそこにかくれてろ！」

したたる血《ち》をグイッと手《て》でぬぐった尊《たける》が、うろたえている杉先輩《すぎせんぱい》の手《て》を引《ひ》いて、体育倉庫《たいいくそうこ》に押《お》しこむ。

尊《たける》は倉庫《そうこ》から、バスケットボールがたくさん入《はい》ったカゴをとりだしてくると、トビラを閉《し》めた。

「くらえ、悪霊《あくりょう》！」

尊《たける》がバスケットボールを投《な》げつけると、化《ば》け鳥《どり》はすばやくかわし、今度《こんど》は尊《たける》に毒《どく》の息《いき》をはきだしてくる。

尊《たける》は紫《むらさき》のケムリをよけながら、スキをみてはボールを投《な》げ、化《ば》け鳥《どり》の気《き》を引《ひ》きつける。

「おまえなんかに、みんなで全力《ぜんりょく》で準備《じゅんび》した体育祭《たいいくさい》をぶちこわされてたまるかよ！」

一方行成《いっぽうゆきなり》は、体育館《たいいくかん》の真《ま》ん中《なか》でバスケとバレーのコートを分《わ》けるために垂《た》らされていた大《おお》きなネットに、高速《こうそく》で飛《と》んでいく。

そして、するどい爪《つめ》でビーッとネットの上部分《うえぶぶん》を、真横《まよこ》に切《き》り裂《さ》きはじめた！

あっ、あのネットで化《ば》け鳥《どり》の動《うご》きをとめるつもり⁉

行成《ゆきなり》の行動《こうどう》に気《き》づいた化《ば》け鳥《どり》は、バサッと大《おお》きなつばさを広《ひろ》げると、ネットを切《き》っていたタカに猛《もう》スピードで襲《おそ》いかかった。

『コロス！』

恐《おそ》ろしいわめき声《ごえ》とともに、化《ば》け鳥《どり》の爪《つめ》がタカの体《からだ》をえぐる！

「『行成《ゆきなり》！』」

ビシュッとあざやかな血《ち》といくつもの羽根《はね》が宙《ちゅう》を舞《ま》い、心臓《しんぞう》が止《と》まるような心地《ここち》がした。

「クソッ、化《ば》け鳥《どり》、おまえの相手《あいて》はオレだー！」

尊《たける》が全力《ぜんりょく》で投《な》げたボールが命中《めいちゅう》し、化《ば》け鳥《どり》がけたたましい悲鳴《ひめい》をあげる。

尊《たける》を見《み》おろした金色《きんいろ》の目《め》がピカッと光《ひか》り、全身《ぜんしん》の羽毛《うもう》が一瞬《いっしゅん》、大《おお》きくふくらんだ。かと思《おも》うと、
化《ば》け鳥《どり》の色《いろ》がみるみるうちに、いっそうまがまがしい赤黒《あかぐろ》い色《いろ》に変《か》わった！

『許《ゆる》サナイ……コロス！　コロス！』

化《ば》け鳥《どり》は口《くち》ぎたなくわめきながら、尊《たける》のもとへ急降下《きゅうこうか》して、ギラギラと長《なが》くのびた爪《つめ》やとがったクチバシで、頭《あたま》をかばう尊《たける》の腕《うで》や、腰《こし》や、足《あし》を切《き》りつける。

尊《たける》は必死《ひっし》に身《み》をかわして、深《ふか》い傷《きず》はさけているけど、全身《ぜんしん》が傷《きず》だらけになっていく。

化《ば》け鳥《どり》のスピードはさらに速《はや》くなり、もはやボールで反撃《はんげき》するよゆうもない。

一方《いっぽう》、傷《きず》を負《お》って一度《いちど》は地面《じめん》に落下《らっか》しかけたタカの行成《ゆきなり》は、体勢《たいせい》を立《た》てなおして再《ふたた》びネットを一生《いっしょう》けんめいに切《き》り裂《さ》こうとしていた。

ポタ、ポタと赤《あか》い血《ち》を流《なが》しながら、大《おお》きなネットに爪《つめ》を立《た》てる。

けれど、ケガのダメージが大《おお》きいようで、手間《てま》どっていた。

早《はや》く……がんばって、行成《ゆきなり》！

このままじゃ、尊《たける》が死《し》んじゃう！

横《よこ》たわったままのわたしは、もどかしい気持《きも》ちで見《み》ていることしかできない。

化《ば》け鳥《どり》のしつこい攻撃《こうげき》に、尊《たける》がひざをつく。

「尊《たける》！」

その時《とき》、バサリと、ついにネットが落下《らっか》した！

「尊《たける》、待《ま》たせた！」

「！　オーケー、行成《ゆきなり》！」

尊《たける》は気力《きりょく》をふりしぼるように立《た》ちあがり、床《ゆか》に落《お》ちたネットを拾《ひろ》うと、大《おお》きな円《えん》を描《えが》いて、ネットを体育館《たいいくかん》の床《ゆか》に置《お》いていくように走《はし》りだす。

異変《いへん》を感《かん》じた化《ば》け鳥《どり》は、バサバサッとつばさを羽《は》ばたかせてその場《ば》をはなれようとした。

とっさに行成《ゆきなり》が進路《しんろ》のジャマをして、化《ば》け鳥《どり》がネットの中心《ちゅうしん》に来《く》るようにする。

「今《いま》だ！　――行成《ゆきなり》！」

尊《たける》がネットのはしの片方《かたほう》を力《ちから》いっぱい放《ほう》り投《な》げ、タカのクチバシがそれをつかむ。

尊《たける》は化《ば》け鳥《どり》を中心《ちゅうしん》に時計回《とけいまわ》りに、行成《ゆきなり》は反時計回《はんとけいまわ》りに、それぞれがネットのはしを持《も》って全力《ぜんりょく》疾走《しっそう》&全力飛行《ぜんりょくひこう》！

ネットはらせんを描《えが》くように化《ば》け鳥《どり》をあっという間《ま》に包《つつ》みこみ、からまっていく。

「三！」

行成《ゆきなり》がさけび、

「二！」

尊《たける》が応《おう》じ、

「「一！」」

二人《ふたり》の声《こえ》がそろった瞬間《しゅんかん》、タカがななめに急《きゅう》降下《こうか》して、尊《たける》は必死《ひっし》に手《て》をはなさないようにしながら全身《ぜんしん》を使《つか》ってネットをひねりあげた。

ドーン！

大音量《だいおんりょう》とともに、ネットにからめとられた化《ば》け鳥《どり》は、上空《じょうくう》から体育館《たいいくかん》の床《ゆか》にたたきつけられて落下《らっか》した。

「やった！」

尊《たける》と行成《ゆきなり》のコンビプレーで、ついに化《ば》け鳥《どり》を捕《つか》まえた⁉

喜《よろこ》んだのもつかの間《ま》、ボン！　とタカの変身《へんしん》が解《と》け、ゼエゼエとあらい息《いき》をはきながら床《ゆか》にたおれこむ行成《ゆきなり》。

「行成《ゆきなり》!?」

ケガを負《お》いながら飛《と》びつづけていたから、体力《たいりょく》の限界《げんかい》を超《こ》えたんだ！

意識《いしき》をうしなって横《よこ》たわった行成《ゆきなり》のわき腹《ばら》が、赤《あか》く染《そ》まっているのを見《み》て、ゾッとする。

行成《ゆきなり》……！

体中《からだじゅう》が傷《きず》だらけの尊《たける》は、行成《ゆきなり》を心配《しんぱい》そうに見《み》つめてから、くちびるをかみしめて化《ば》け鳥《どり》にかけよろうと――したかに見《み》えたけれど、ふいにその場《ば》にひざをついた。

尊《たける》は真《ま》っ青《さお》になって、苦《くる》しそうに呼吸《こきゅう》をしている。

尊《たける》……!?

8 最後《さいご》のチャンス

「尊《たける》!?　どうしたの!?」

わたしのしぼり出《だ》す小《ちい》さな声《こえ》は届《とど》かないみたいで、尊《たける》の反応《はんのう》はない。

床《ゆか》にたたきつけられた化《ば》け鳥《どり》は、ネットの中《なか》でピクピクとけいれんしていたけど、やがて逃《に》げだそうと激《はげ》しくもがきだした。

せっかくダメージをあたえて、捕《つか》まえているチャンスなのに……。

わたしが行《い》かなきゃ！

尊《たける》と行成《ゆきなり》がこんなにボロボロになってまでがんばってくれたんだから、次《つぎ》はわたしががんばるんだ。

これ以上《いじょう》ただ見《み》てるだけなんて、イヤだ！

動《うご》け、動《うご》け！

わたしの、体《からだ》……！

全身《ぜんしん》に必死《ひっし》に力《ちから》をこめると、ゆっくりだけど、体《からだ》が動《うご》いた。

ひどいめまいにおそわれて、視界《しかい》がぼやける。

わたしはハアハアとあらい息《いき》をもらしながら、何十《なん》キロもの重《おも》りをのせてるみたいな不自由《ふじゆう》な体《からだ》で、じりじりと床《ゆか》をはって、化《ば》け鳥《どり》に近《ちか》づいていく。

ポタポタと、体育館《たいいくかん》の床《ゆか》に汗《あせ》が落《お》ちて、手《て》がすべってあごを床《ゆか》に打《う》ちつけた。

「！」

いっ、痛《いた》～い！　あごがジンジンして、なみだがにじんでくる。

でも、あと、少《すこ》し……！

わたしが力《ちから》をふりしぼって化《ば》け鳥《どり》の前《まえ》で立《た》ちあがると、青白《あおじろ》い顔《かお》をした尊《たける》も歯《は》を食《く》いしばってとなりにやってきた。

「尊《たける》、だいじょうぶ？」

「たぶん貧血《ひんけつ》。けっこう血《ち》が出《で》たから」

「顔《かお》の傷《きず》、残《のこ》らないといいけど……」

「どんな顔《かお》でも、オレは男前《おとこまえ》だろ」

「どんな時《とき》でも、尊《たける》は尊《たける》だね」

ふらふらだったけど、二人《ふたり》で軽口《かるくち》をたたいていると不思議《ふしぎ》と力《ちから》がわいてくる気《き》がした。

ガサッ。

ネットの中《なか》で、大《おお》きな羽《はね》が動《うご》いた。

化《ば》け鳥《どり》にからまっていたネットが、だいぶゆるくなっている！

「最後《さいご》のチャンスだ。二人《ふたり》でやるぞ」

「わかった！」

ビリビリッとするどい爪《つめ》がネットを引《ひ》き裂《さ》き、

『コロス！』

かん高《だか》い声《こえ》と共《とも》に悪霊《あくりょう》の化《ば》け鳥《どり》がつばさを広《ひろ》げた瞬間《しゅんかん》。


「「終《お》わりだよ」」

わたしと尊《たける》のかざした右手《みぎて》の中指《なかゆび》の指輪《ゆびわ》が光《ひかり》を放《はな》ち、ピンクと赤《あか》の神聖《しんせい》な輝《かがや》きが悪霊《あくりょう》の全身《ぜんしん》をつつみこんだ。

二色《しょく》の光《ひかり》は黒《くろ》い〈もや〉を瞬時《しゅんじ》に飲《の》みこみ、まばゆい白光《はっこう》へと変《か》わると、その中心《ちゅうしん》にあざやかな赤《あか》い羽《はね》の美《うつく》しい鳥《とり》が出現《しゅつげん》する。

『解放《かいほう》してくれて、ありがとう』

大《おお》きさが三〇センチ弱《じゃく》の優美《ゆうび》な鳥《とり》へと変化《へんか》したアカショウビンは、歌《うた》うような声《こえ》で告《つ》げると、光《ひかり》の中《なか》でしゅうっと溶《と》けるように姿《すがた》を消《け》した。

そこに残《のこ》された白光《はっこう》がぱあんと四つに分《わ》かれて、そのうち三つがわたし、尊《たける》、行成《ゆきなり》の指輪《ゆびわ》の中《なか》へ、残《のこ》る一つはおそらく若葉《わかば》ちゃんのいる保健室《ほけんしつ》の方《ほう》へと飛《と》んでいく——。


気《き》づいたら、わたしの全身《ぜんしん》にのしかかっていた鉛《なまり》のような重《おも》さが消《き》えて、楽《らく》に動《うご》けるようになっていた。

「あ、傷《きず》が消《き》えた！」

尊《たける》のほおに走《はし》っていた大《おお》きな切《き》り傷《きず》も、すうっと消《き》えたのを見《み》て、心《こころ》の底《そこ》からホッとする。

尊《たける》は気《き》にしないみたいなことを言《い》ってたけど、やっぱり傷《きず》が残《のこ》ったら悲《かな》しいからね。

他《ほか》のケガも全部《ぜんぶ》、治《なお》ってるみたいだ。

「やっかいな悪霊《あくりょう》だったが、尊《たける》とまなみがやってくれたみたいだな」

行成《ゆきなり》も体《からだ》を起《お》こして、ゆっくりと立《た》ちあがる。

「……雨《あめ》も止《や》んだか」

体育館《たいいくかん》の窓《まど》から明《あか》るい光《ひかり》が差《さ》しこむのを見《み》て、尊《たける》がほほ笑《え》んだ。

ガラッとトビラの開《あ》く音《おと》がして、ふりむくと体育倉庫《たいいくそうこ》から、杉先輩《すぎせんぱい》が顔《かお》をのぞかせていた。

「……さ、さっきのバケモノは……？」

「オレも知《し》りませんけど、どこかへ消《き》えたから、もうだいじょうぶだと思《おも》います」

そっけなく尊《たける》が答《こた》えると、杉先輩《すぎせんぱい》は目《め》を白黒《しろくろ》させていたけど、「……そうか」とつぶやいて、倉庫《そうこ》から出《で》てきた。

「人《ひと》に話《はな》しても信《しん》じてもらえないと思《おも》うから、なにも見《み》なかったことにした方《ほう》がいいですよ」

「……たしかに……」

まだボーゼンとしたまま、コクリとうなずく杉先輩《すぎせんぱい》。杉先輩《すぎせんぱい》は、入場門《にゅうじょうもん》をこわした時《とき》や、いろいろな場所《ばしょ》に卵《たまご》を置《お》いていた時《とき》は、悪霊《あくりょう》に乗《の》っとられて意識《いしき》はなかったっぽい。だけど……。

「杉先輩《すぎせんぱい》。尊《たける》はバスケも先輩《せんぱい》たちのことも、バカにしてなんていません。レギュラーになるまで……なってからも、部活《ぶかつ》の時間以外《じかんいがい》もいっぱい練習《れんしゅう》してたし、本当《ほんとう》は休部《きゅうぶ》なんてしたくないんです！」

わたしの言葉《ことば》を、今度《こんど》は杉先輩《すぎせんぱい》も顔《かお》をしかめることなく、だまって聞《き》いていた。

「杉先輩《すぎせんぱい》だって思《おも》うようにいかなくてくやしかったり、つらかったりするかもしれない。でも、先輩《せんぱい》の知《し》らないところで、尊《たける》だっていろんな大変《たいへん》なことがあって、すごくがんばってるんです。自分《じぶん》から見《み》える景色《けしき》だけで、人《ひと》のことを決《き》めつけないでください！」

杉先輩《すぎせんぱい》はしばらくだまってから、一瞬《いっしゅん》泣《な》きそうに顔《かお》をゆがめ、それをこらえるように表情《ひょうじょう》を引《ひ》きしめると、「わかった」とうなずいた。

「バスケ部《ぶ》の中《なか》で流《なが》したデマを、みんなに訂正《ていせい》してくれますか？」

「……わかった」

杉先輩《すぎせんぱい》は、グッと両手《りょうて》のこぶしをにぎりしめながら、尊《たける》の方《ほう》を向《む》いて。

「悪《わる》かった」

低《ひく》い声《こえ》でそう言《い》って、頭《あたま》を下《さ》げた。

「…………許《ゆる》しません」

少《すこ》しの沈黙《ちんもく》の後《あと》、尊《たける》のきっぱりとした声《こえ》が、体育館《たいいくかん》に響《ひび》く。

「センパイがめちゃくちゃ練習《れんしゅう》して、もっともっとバスケが上手《うま》くなってくれなきゃ、許《ゆる》しません」

……尊《たける》……！

「オレ、杉《すぎ》センパイはチームに必要《ひつよう》な選手《せんしゅ》だと思《おも》ってるんで」

ぶっきらぼうに尊《たける》が告《つ》げると、杉先輩《すぎせんぱい》は大《おお》きく目《め》をみはった。

そして、くちびるをふるわせて、もう一度《いちど》、大《おお》きく頭《あたま》を下《さ》げた。

「神崎《かんざき》……本当《ほんとう》に、悪《わる》かった！」

杉先輩《すぎせんぱい》の背中《せなか》を見送《みおく》ってから、わたしは、「さて……」と体育館《たいいくかん》を見《み》まわす。

「ボールは片付《かたづ》けるとして、この破《やぶ》れたネットはどうしよう？」

「謝《あやま》るしかないな。とりあえず後始末《あとしまつ》は放課後《ほうかご》にして、若葉《わかば》と合流《ごうりゅう》しよう。昼休《ひるやす》みが終《お》わる前《まえ》にお弁当《べんとう》も食《た》べないと」

「たしかに！　もうハラがぺこぺこだぜ」

「あと十分《ぷん》しかないじゃん！　休《やす》むヒマもないね」

「メシ食《く》えばなんとかなる！　急《いそ》ぐぞ」

外《そと》に出《で》ると、空《そら》は雲一《くもひと》つない快晴《かいせい》！　学校《がっこう》のグラウンドは雨《あめ》が降《ふ》った直後《ちょくご》でもすぐ使《つか》えるように作《つく》られてるから、これなら午後《ごご》は体育祭《たいいくさい》も再開《さいかい》できるはず。

保健室《ほけんしつ》へと向《む》かっていたら、ちょうどわたり廊下《ろうか》の向《む》こうから若葉《わかば》ちゃんがやってきた。

「みんな、おつかれさま！　役立《やくた》たずでごめんね」

「ぜんぜん！　もし卵《たまご》が見《み》つけられずに先《さき》に割《わ》れてたら、体育祭《たいいくさい》は中止《ちゅうし》になってたもん。体調《たいちょう》は平気《へいき》？」

「うん、すっかりよくなった。手《て》のひらのマダラもようは消《き》えたし、念《ねん》のためにロッカーに入《い》れてたケースの中《なか》を見《み》てみたら、あの卵《たまご》もキレイさっぱりなくなってたよ」

悪霊《あくりょう》が昇天《しょうてん》する時《とき》、卵《たまご》もいっしょに消《き》えたんだね。

「今回《こんかい》の悪霊《あくりょう》、すごく強《つよ》かった？」

「そうそう、前《まえ》の化《ば》け猫《ねこ》以上《いじょう》にやっかいだった」

わたしが言《い》うと、「やっぱり」とうなずく若葉《わかば》ちゃん。

「白《しろ》い光《ひかり》が指輪《ゆびわ》に入《はい》ってきたとき、今《いま》までより強《つよ》い力《ちから》が宿《やど》ったように感《かん》じたの。同時《どうじ》に……言葉《ことば》にするのはむずかしいんだけど、体《からだ》の中《なか》の動物《どうぶつ》の能力《のうりょく》が、少《すこ》しくっきりしたような感覚《かんかく》があって」

能力《のうりょく》が、くっきり……？

目《め》を瞬《また》くわたしたちに、若葉《わかば》ちゃんは、言葉《ことば》を続《つづ》ける。

「だから、もしかしたらなんだけど……動物《どうぶつ》の力《ちから》を、使《つか》うかどうか調整《ちょうせい》できるようになったかも」

「！」

尊《たける》が大《おお》きく息《いき》をのむ。

もし犬《いぬ》の力《ちから》が発揮《はっき》されないなら、バスケ部《ぶ》にもどれる⁉

「体育祭《たいいくさい》が終《お》わってからでも、試《ため》してみて」

「わかった」

若葉《わかば》ちゃんに言《い》われて、尊《たける》は大《おお》きくうなずいた。


その後《あと》、わたしたちは大急《おおいそ》ぎでおにぎりだけ食《た》べて、尊《たける》と行成《ゆきなり》は替《か》えのジャージに着《き》がえて、グラウンドでは予定通《よていどお》り、体育祭《たいいくさい》の午後《ごご》の部《ぶ》がスタートした。

応援合戦《おうえんがっせん》では尊《たける》のブレイクダンスもバッチリ決《き》まって、案《あん》の定《じょう》、全校生徒《ぜんこうせいと》は大盛《おおも》りあがり！

その勢《いきお》いにのって、午後《ごご》のどの競技《きょうぎ》も演技《えんぎ》も白熱《はくねつ》した。

部活対抗《ぶかつたいこう》リレーでは、運動部《うんどうぶ》の本気《ほんき》の勝負《しょうぶ》だけでなく、水泳《すいえい》パンツ一丁《いっちょう》で走《はし》る水泳部《すいえいぶ》や浴衣姿《ゆかたすがた》で走《はし》る茶道部《さどうぶ》、とちゅうで演奏《えんそう》する吹奏楽部《すいそうがくぶ》やコスプレして踊《おど》るアニメ部《ぶ》など、パフォーマンスも楽《たの》しい！

思《おも》いっきり笑《わら》った後《あと》に始《はじ》まったのは、午前《ごぜん》の部《ぶ》のラストでやるはずだった選抜《せんばつ》リレーだった。

一年生《ねんせい》のトップバッターで出場《しゅつじょう》した尊《たける》は、やっぱりすごく速《はや》かった。

だけど、犬《いぬ》の力《ちから》を使《つか》ったスピードではなかった。

全力《ぜんりょく》でも、動物《どうぶつ》の能力《のうりょく》を出《だ》さずに走《はし》れたんだ！

自分《じぶん》の本当《ほんとう》の力《ちから》で一番《ばん》でバトンをつなげたあと、チームも一番《ばん》でゴールした時《とき》、尊《たける》は全身《ぜんしん》で飛《と》びあがって喜《よろこ》んでいた。

心《こころ》からの、輝《かがや》くような最高《さいこう》の笑顔《えがお》がはじけていて、なんかすごく、ジーンときた。

わたしも若葉《わかば》ちゃんも行成《ゆきなり》も、手《て》が痛《いた》くなるまで拍手《はくしゅ》をして。

体育祭《たいいくさい》の一日《いちにち》は、大盛況《だいせいきょう》のうちに過《す》ぎていった——。

◆9 能力《のうりょく》、開花《かいか》？

「せーの！」

スッとしゃがんでから、軽《かろ》やかにジャンプした尊《たける》の手《て》が、バスケットゴールのボードの一番高《いちばんたか》いところに届《とど》く。すごいジャンプ力《りょく》……！

「……ダメかー」

無念《むねん》そうに、つぶやく尊《たける》。

体育祭《たいいくさい》が終《お》わった二日後《ふつかご》の、ふりかえ休日《きゅうじつ》。

わたしたちチーム㋐《マルア》は近所《きんじょ》のみどり公園《こうえん》で、能力《のうりょく》を調整《ちょうせい》する練習《れんしゅう》をしていた。

選抜《せんばつ》リレーの時《とき》は能力《のうりょく》をおさえられた尊《たける》だけど、いつも必《かなら》ずおさえられるわけじゃないんだって。

わたしも行成《ゆきなり》も、まだ全然思《ぜんぜんおも》うようにできない。

感覚《かんかく》がするどい若葉《わかば》ちゃんだけは、すっかり調整《ちょうせい》できるようになっていた。

「なんかずっと事件続《じけんつづ》きだったから、なんの心配《しんぱい》もないフツーの休日《きゅうじつ》って久《ひさ》しぶりだね」

「そうだな」

わたしがタオルハンカチで汗《あせ》をふきながら言《い》うと、となりで水《すい》とうのお茶《ちゃ》を飲《の》んでいた行成《ゆきなり》もうなずいた。

「……悪霊《あくりょう》の出現頻度《しゅつげんひんど》を考《かんが》えると、もしかしたら……」

「出現《しゅつげん》ひんど？」

むずかしい言葉《ことば》に首《くび》をひねるわたしに、行成《ゆきなり》は、「いや、なんでもない」と、あわくほほ笑《え》む。

「えー、気《き》になる」

「もう少《すこ》し、判断材料《はんだんざいりょう》がそろってから言《い》うよ」

一足先《ひとあしさき》に休《きゅう》けいに入《はい》ったわたしたちとはちがって、尊《たける》は熱心《ねっしん》に練習《れんしゅう》をつづけている。

「あー、やっぱ上手《うま》くいかねー」

「なんていったらいいんだろ……能力《のうりょく》にフタをする感《かん》じというか……」

「やろうとしてるんだけどな」

若葉《わかば》ちゃんの説明《せつめい》に、肩《かた》をすくめる尊《たける》。

若葉《わかば》ちゃんはうーん、と腕組《うでぐ》みしてから、「そうだ」と手《て》をぽんとたたいた。

「尊《たける》、右手《みぎて》の指輪《ゆびわ》、見《み》せて」

「ん」

若葉《わかば》ちゃんはポケットから、人気《にんき》アクションシューティングゲームのイカのキャラクターが描《えが》かれたバンソーコーを取《と》りだすと、尊《たける》の中指《なかゆび》の指輪《ゆびわ》の上《うえ》にくるりと巻《ま》いた。

「これに関《かん》してはイメージが大事《だいじ》だと思《おも》うから。いつもとはちがうこのバンソーコーを巻《ま》いてる時《とき》は、力《ちから》にもフタができる。能力《のうりょく》がおさえられる……そうイメージして、やってみて」

尊《たける》はふうっと息《いき》をはいてから、少《すこ》しの間《あいだ》、目《め》を閉《と》じて、若葉《わかば》ちゃんに言《い》われたことをイメージしているようだった。

それから、顔《かお》をあげて、思《おも》いっきりジャンプ！

手《て》は、ゴールネットにかすかにふれる程度《ていど》だった。

「………できた！」

尊《たける》の顔《かお》が、パアッと輝《かがや》く。

その後《ご》、何度《なんど》もジャンプしても、走《はし》っても、はばとびしても、犬《いぬ》の力《ちから》が発揮《はっき》されることはなかった。

「よっしゃー！　これでバスケ部《ぶ》に復帰《ふっき》できるぞ。サンキュー、若葉《わかば》！」

大喜《おおよろこ》びしてかけもどった尊《たける》が、若葉《わかば》ちゃんをギュッと抱《だ》きしめた、瞬間《しゅんかん》。

「！」

ボン！　と若葉《わかば》ちゃんはハムスターに変身《へんしん》した。

「～ビ、ビックリした。いきなりやめてよ、尊《たける》」

「悪《わる》い。でもマジでうれしい！　本当《ほんとう》にありがとな！」

尊《たける》はゴキゲンで、近《ちか》くに転《ころ》がっていたバスケのボールを手《て》にとると、ドリブルしながら生《い》き生《い》きとコートへ走《はし》っていく。

「若葉《わかば》ちゃん、ナイスアイディア！」

「うん。これで夏《なつ》の大会《たいかい》、間《ま》にあうかな」

トコトコとわたしの差《さ》しだした手《て》に乗《の》ってきたハムスターの若葉《わかば》ちゃんは、なんだかいつもより少《すこ》し、体温《たいおん》が高《たか》いような……？

昨日《きのう》、バスケ部《ぶ》の練習《れんしゅう》の時《とき》、杉先輩《すぎせんぱい》は尊《たける》についてのデマをいいふらしたことを部員《ぶいん》たちに打《う》ちあけ、こんなことはもう二度《にど》としないと深《ふか》く反省《はんせい》をしたらしい。

尊《たける》の誤解《ごかい》はすっかり解《と》けたから、いつでももどってきてだいじょうぶだぞって、朝倉先輩《あさくらせんぱい》から尊《たける》に電話《でんわ》がきたんだって。朝倉先輩《あさくらせんぱい》、尊《たける》の言《い》うとおり、すごくいいキャプテンだ……うたがっちやってゴメンナサイ。

「行成《ゆきなり》、相手《あいて》してくれ！」

「りょうかい」

行成《ゆきなり》もコートに入《はい》っていって、楽《たの》しそうに1on1《ワンオンワン》を始《はじ》める男子《だんし》たち。

さわやかな風《かぜ》が吹《ふ》いて、青空《あおぞら》にサワサワと緑《みどり》の葉《は》がゆれる。

新《あたら》しい夏《なつ》が、近《ちか》づいてきていた。

エピローグ　――再《ふた》び、尊《たける》――

けたたましい音《おと》が鳴《な》った瞬間《しゅんかん》、手《て》でベルをたたいて、まくら元《もと》の目覚《めざ》ましを止《と》めた。

神崎選手《かんざきせんしゅ》、クイズ王《おう》もビックリな反応《はんのう》だー……って我《われ》ながら朝《あさ》からテンション高《たか》すぎか。

オレはベッドの上《うえ》でグッと体《からだ》をのばしてから、全身《ぜんしん》のバネを使《つか》ってはね起《お》きた。

ねぼすけのまなみとちがって、オレは朝《あさ》にパッと目《め》がさめるし、すぐ動《うご》くことができる。

だけど、今朝《けさ》はトクベツ、全身《ぜんしん》にエネルギーが満《み》ちていた。

自分《じぶん》の部屋《へや》とリビングのカーテンを開《あ》けてから、洗顔《せんがん》、歯《は》みがき、ねぐせ直《なお》し。

学校《がっこう》のジャージに着《き》がえて、エプロンをつけると、キッチンのスピーカーをオンにする。

好《す》きなアーティストの音楽《おんがく》を流《なが》しながら、グリルに魚《さかな》をセットして点火《てんか》。

右《みぎ》のコンロでなべの湯《ゆ》をわかして、左《ひだり》のコンロでフライパンを温《あたた》めて、片手《かたて》で次々《つぎつぎ》とボウルに卵《たまご》を割《わ》っていく。

ほかほかと湯気《ゆげ》を立《た》てるツヤやかな白米《はくまい》に、皮《かわ》をパリパリに焼《や》いたサケ。

ふんわりした卵焼《たまごや》きは、かじるとじわっとダシがにじむ。

パキッとした歯《は》ごたえのソーセージソテー。

大根《だいこん》とネギと油《あぶら》あげのみそ汁《しる》。納豆《なっとう》と、つけもの。

十五分《ふん》で用意《ようい》した朝食《ちょうしょく》は、ベタだけど今日《きょう》も全部《ぜんぶ》うまい。オレ、天才《てんさい》！

自画自賛《じがじさん》しながら急《いそ》いでメシをかきこんでいたら、パジャマ姿《すがた》の姉貴《あねき》が起《お》きてきた。

「おはよ。オレ、もう出《で》るからご飯《はん》とみそ汁《しる》は自分《じぶん》で注《つ》いでくれ。母《かあ》ちゃんは昨日《きのう》おそかったから起《お》こさなくていいって」

「わかったー。でも尊《たける》、ジャージで行《い》くの？　制服《せいふく》は？」

「カバンに入《い》れてく。——バスケの朝練《あされん》あるから」

家《いえ》を出《で》るついでに近所《きんじょ》のゴミ収集所《しゅうしゅうじょ》にゴミを出《だ》すと、オレはトレーニングがてら、走《はし》って学校《がっこう》へ向《む》かった。

破《やぶ》れやすいゴミ袋《ぶくろ》ほど呪《のろ》いたくなるアイテムはない。

一度《いちど》ゴミ出《だ》しのとちゅうで袋《ふくろ》が破《やぶ》れて、クサい生《なま》ゴミがバラまかれる悲劇《ひげき》を味《あじ》わってから、家《か》事用《じよう》の袋《ふくろ》を買《か》う時《とき》には安《やす》さだけじゃなく、じょうぶさにも注目《ちゅうもく》するようになった。

その知識《ちしき》が悪霊《あくりょう》の卵《たまご》をあつかう時《とき》でも活《い》かされるんだから、人生《じんせい》、何《なに》が役立《やくだ》つかわからねーよな。

今日《きょう》はバスケ部《ぶ》の朝練《あされん》があるけど、集合時間《しゅうごうじかん》はもう少《すこ》し後《あと》だ。

でもできるだけ長《なが》く練習《れんしゅう》したくて、早《はや》めに体育館《たいいくかん》にたどり着《つ》くと、すでにトビラは開《あ》いていた。

「おはよう。神崎《かんざき》」

「朝倉《あさくら》センパイ。おはようございます」

キャプテンの朝倉《あさくら》センパイは、いつも一番《いちばん》に体育館《たいいくかん》にきて自主練《じしゅれん》をしてて、オレも入部《にゅうぶ》してから休部《きゅうぶ》するまでは、ずっといっしょに練習《れんしゅう》していた。

朝倉《あさくら》センパイは、朝《あさ》の光《ひかり》が似合《にあ》う笑顔《えがお》で手《て》をさしだす。

「もどってきてくれて、うれしいよ。またいっしょにがんばろう」

そうだ、今日《きょう》から、オレはバスケ部《ぶ》に復帰《ふっき》する。

「はい！」

あらためて胸《むね》がいっぱいになって、握手《あくしゅ》をした時《とき》、新《あら》たにだれかが体育館《たいいくかん》に入《はい》ってきた。

「あ……」

オレと目《め》が合《あ》って、ギクリとしたように動《うご》きを止《と》めたのは、杉《すぎ》センパイだった。

「おはようございます」

「おう……おはよう」

杉《すぎ》センパイはバツが悪《わる》そうに答《こた》えてから、準備運動《じゅんびうんどう》を始《はじ》める。

「めずらしいな、杉《すぎ》がこんなに早《はや》く来《く》るなんて」

朝倉《あさくら》センパイが声《こえ》をかけると、杉《すぎ》センパイはぶっちょう面《づら》でうなずいてから、ストレッチをしていたオレを見《み》た。

「……神崎《かんざき》！　おれは、負《ま》けねーからな」

カクゴを決《き》めたような瞳《ひとみ》で告《つ》げられて、オレは自然《しぜん》と笑《え》みを浮《う》かべて、答《こた》えた。

「はい。いつでも受《う》けて立《た》ちますよ」


ダンダンと響《ひび》くドリブルの音《おと》と、手《て》のひらのボールの感触《かんしょく》。

キュキュッとシューズが体育館《たいいくかん》の床《ゆか》をこする音《おと》。

窓《まど》からさしこむ光《ひかり》に、キラキラと舞《ま》うホコリ。

帰《かえ》ってきたんだ！　またここに、もどってこられたんだ！

自主練《じしゅれん》しながら喜《よろこ》びをかみしめていたら、他《ほか》の部員《ぶいん》たちも続々《ぞくぞく》と集《あつ》まってきた。

「神崎《かんざき》！　おかえり！」

「はい、今日《きょう》からまたよろしくお願《ねが》いします」

「体《からだ》、なまってねーだろうな？」

「だれに言《い》ってんすか？」

「早速相手《さっそくあいて》してくれよ」

「OK《オーケー》」

笑顔《えがお》の先輩《せんぱい》や同学年《どうがくねん》から肩《かた》や背中《せなか》をたたかれながら、わいわい話《はな》していたら、ふと、よく見《み》なれた三つの顔《かお》が、窓《まど》からこっちをのぞきこんでるのに気《き》づいた。

まなみと若葉《わかば》は満面《まんめん》の笑《え》みを浮《う》かべて、行成《ゆきなり》もちょっとうれしそうにオレを見《み》ている。

……おいおい、初日《しょにち》のバスケ部《ぶ》のようすが心配《しんぱい》で見《み》にきたか？

おまえら保護者《ほごしゃ》かよ、カンベンしてくれ……。

照《て》れくさくて、まなみが手《て》をふってきたのに舌《した》をベーッと出《だ》してから、顔《かお》をそらした。

その直後《ちょくご》。

「神崎《かんざき》いいいいいいい、待《ま》っていたぞ！　おれはこの日《ひ》を夢見《ゆめみ》ていた！　目指《めざ》すは、全国制覇《ぜんこくせいは》だ

あ〜〜〜！」

丸太《まるた》のような腕《うで》に抱《だ》きしめられて、息《いき》が止《と》まりかける。

「ち、地井川先生《ちいかわせんせい》……苦《くる》し……！」

バスケ部《ぶ》にもどれたのはうれしいけど、指輪《ゆびわ》のことはまだナゾだらけで、解決《かいけつ》してないことばっかりだ。

この先《さき》、もっとヤバい大事件《だいじけん》が起《お》こるのかもしれない。

でも、何《なに》が起《お》こっても、四人《にん》で立《た》ちむかってやる！

オレは胸《むね》の中《なか》で決意《けつい》をかためると、あとはただ、今《いま》、目《め》の前《まえ》にあるボールを全力《ぜんりょく》で追《お》いかけた。

あとがき

こんにちは！　上《うえ》から読《よ》んでも〈となみみなと〉、下《した》から読《よ》んでも〈となみみなと〉。藤並《となみ》みなとです。

「放課後《ほうかご》チェンジ」の2冊目《さつめ》、お届《とど》けすることができて本当《ほんとう》に本当《ほんとう》に本《ほん》っっ当《とう》にうれしいです。応援《おうえん》してくれた方《かた》、ありがとうございます！

「あ、2巻《かん》なんだ」と本棚《ほんだな》にもどそうとした方《かた》がいたら、ちょおおおおっと待《ま》ったー！　もし1巻《かん》を読《よ》んでなくても、2巻《かん》から読《よ》みはじめても、めちゃくちゃおもしろいので、ぜひ！　読《よ》んでみてくださいませ！　絶対《ぜったい》ソンはさせませんよ～。

さて、この本《ほん》のメインキャラ、尊《たける》はピーマンがきらいですが、私《わたし》の親《しん》せきのM《エム》ちゃんも小《ちい》さいころ、ピーマンが苦手《にがて》でした。

M《エム》ちゃんが4歳《さい》の時《とき》、いっしょに花言葉《はなことば》について調《しら》べたことがあったのですが、その日《ひ》の夕食《ゆうしょく》後《ご》。とつぜんM《エム》ちゃんがゆううつそうに、こう言《い》ったのです。

「ピーマンの野菜言葉《やさいことば》は……『不幸《ふこう》』」

なんだよ、野菜言葉《やさいことば》って！

私《わたし》が「野菜言葉《やさいことば》なんてないよ」と言《い》うと、M《エム》ちゃんは、

「いや、野菜言葉《やさいことば》はある！　肉言葉《にくことば》もある！」

肉言葉《にくことば》……！　またヘンな語感《ごかん》の言葉《ことば》が出《で》た。

「鶏肉《とりにく》の肉言葉《にくことば》は……『キセキ』。食《た》べると、キセキがおこる」

何《なに》その設定《せってい》。

「豚肉《ぶたにく》の肉言葉《にくことば》は……『くさい』」

シンプルに暴言《ぼうげん》。

「牛肉《ぎゅうにく》の肉言葉《にくことば》は、『友情《ゆうじょう》』『愛《あい》』『勝利《しょうり》』」

少年《しょうねん》マンガ誌《し》のキャッチコピーか！


「放課後《ほうかご》チェンジ」の2巻《かん》は活発《かっぱつ》な尊《たける》にスポットが当《あ》たったこともあり、クライマックスは少年《しょうねん》マンガのようにアクションシーンがモリモリになった気《き》がします。

笑《わら》いとラブもモリモリで、書《か》いていて私《わたし》もノリノリ、本当《ほんとう》に楽《たの》しかった！

実《じつ》は1巻《かん》が私史上最大《わたししじょうさいだい》の難産《なんざん》だったのです。原稿《げんこう》を何回《なんかい》も書《か》きなおして、そのおかげでとてもおもしろい本《ほん》ができた！と思《おも》っていますが、書《か》いている最中《さいちゅう》は、もう小説書《しょうせつか》くのやめようかな……と生《う》まれて初《はじ》めて思《おも》ったくらい、しんどい時《とき》もありました。

でも、2巻《かん》は最初《さいしょ》から最後《さいご》までひたすら楽《たの》しくて、続《つづ》けてきて良《よ》かったー、としみじみ思《おも》いながら書《か》いていました。どうかあなたにも楽《たの》しんでもらえますように！


さて、私《わたし》はあとがきを書《か》くのが大好《だいす》きで、1巻《かん》の巻末《かんまつ》の自己紹介《じこしょうかい》でも「いつか後書《あとが》きが100ページくらいある本《ほん》を出《だ》したい」と書《か》いたのですが。

その熱意《ねつい》が通《つう》じたのか、今回《こんかい》、担当《たんとう》さんがあとがきページを大増量《だいぞうりょう》（3ページ→7ページ）してくれました。やったぜ、夢《ゆめ》への第一歩《だいいっぽ》！

というわけで、今回《こんかい》のあとがきでは特別《とくべつ》に、主人公《しゅじんこう》4人《にん》の星座《せいざ》と血液型《けつえきがた》、さらに大《だい》サービスで、ヒミツの裏話《うらばなし》を紹介《しょうかい》しちゃいます♪
☆まなみ→うお座《ざ》O型《オーがた》。自力《じりき》でトレーディング商品《しょうひん》（カプセルトイやカードなど）の推《お》しを当《あ》てるのが苦手《にがて》。

以前《いぜん》カプセルトイで10回《かい》やっても漣《れん》くんのキーホルダーが出《で》なくて、おこづかいが尽《つ》きて泣《な》きそうになっているところに、通《とお》りかかった尊《たける》が1回回《かいまわ》しただけで当《あ》ててくれた。

あまりにも大感激《だいかんげき》するまなみに、尊《たける》はちょっとフクザツそうだった。
☆尊《たける》↓しし座《ざ》B型《ビーがた》。あこがれの選手《せんしゅ》はマイケル・ジョーダン。小五《しょう》になる直前《ちょくぜん》の春休《はるやす》みにテレビでやっていたジョーダン特集《とくしゅう》を見《み》て、すぐにミニバスを始《はじ》めた。
ジョーダンが言《い》ったという「自分《じぶん》に期待《きたい》することで、はじめて物事《ものごと》は可能《かのう》になる」「10本連続《ぽんれんぞく》でシュートを外《はず》しても僕《ぼく》はためらわない。次《つぎ》の1本《ぽん》が成功《せいこう》すれば、それは100本連続《ぽんれんぞく》で成功《せいこう》する最初《さいしょ》の1本目《ぽんめ》かもしれないだろう」などの数々《かずかず》の名言《めいげん》にも大《おお》いに影響《えいきょう》を受《う》ける。
☆若葉《わかば》↓乙女座《おとめざ》A型《エーがた》。リズムゲームのプレイ中《ちゅう》はゲーム音以外《おんいがい》聞《き》こえなくなるし、アクションゲームのプレイ中《ちゅう》はちょっと性格《せいかく》が変《か》わる。
小五《しょう》の家庭科《かていか》でエプロンを作《つく》る時《とき》、本当《ほんとう》はドラゴンのデザインを選《えら》びたかったけど、目立《めだ》つのがイヤでやめた。

小六《しょう》の修学旅行《しゅうがくりょこう》ではお土産《みやげ》に木刀《ぼくとう》を買《か》おうかかなり真剣《しんけん》に迷《まよ》って、やっぱりやめた。

☆行成《ゆきなり》↓みずがめ座《ざ》AB《エービー》型《がた》。自宅《じたく》にはプロの料理人《りょうりにん》がいるが、小六《しょう》の時《とき》の料理《りょうり》の特訓《とっくん》では、尊《たける》の家《いえ》に通《かよ》って尊《たける》から教《おし》えてもらった。
家《いえ》では着物《きもの》で過《す》ごすことが多《おお》い。ふだんはシンプルな着流《きなが》しで、正式《せいしき》なお茶会《ちゃかい》の時《とき》などは袴《はかま》を着用《ちゃくよう》。若葉《わかば》の弟《おとうと》と同《おな》い年《どし》のふたごの弟妹《きょうだい》がいる。


続《つづ》きの本《ほん》を出《だ》すことができれば、これらの話《はなし》を深《ふか》ぼりしたり、チーム㋐《マルア》のみんなのさらにいろんな面《めん》やドキドキの展開《てんかい》をお見《み》せしたりできるはず。

それにはあなたの力《ちから》が必要《ひつよう》です！

どんなに作者《さくしゃ》が続《つづ》きを「書《か》きたい！」と願《ねが》っても、本《ほん》を出《だ》すには「読《よ》みたい！」「おもしろかった！」と言《い》ってくれる読者《どくしゃ》さんがたくさんいないとダメなんです。

読者《どくしゃ》さんの一人一人《ひとりひとり》が集《あつ》まって、たくさんになります。

というわけで、おもしろかったらぜひ、お友《とも》だちにも「放課後《ほうかご》チェンジ」をオススメしてくださいね！

この巻《かん》は「最高《さいこう》のコンビ？　嵐《あらし》の体育祭《たいいくさい》！」ということで、二人組《ふたりぐみ》の関係《かんけい》を意識《いしき》して書《か》いてみました。まなみと尊《たける》、尊《たける》と行成《ゆきなり》、まなみと若葉《わかば》……その他《ほか》、どんな組《く》みあわせでも最高《さいこう》、と作者《さくしゃ》は思《おも》っていますが（笑《わらい》）あなたはどのコンビがお好《す》きですか？

もちろんキャラ単体《たんたい》でも、ハコ推《お》しでも大《だい》かんげい。

あなたのお気《き》に入《い》りを、ファンレターで教《おし》えてもらえたらうれしいです。

では、「放課後《ほうかご》チェンジ」のキーアイテム、不思議《ふしぎ》な指輪《ゆびわ》「ミラクル・リング」から思《おも》いだした、親《しん》せきのM《エム》ちゃんのエピソードをもう一つ。

ある日《ひ》、M《エム》ちゃんが大《おお》ぶりのビーズで「魔法《まほう》の指輪《ゆびわ》」を作《つく》って遊《あそ》んでいました。

M《エム》ちゃんいわく、その指輪《ゆびわ》はビーズの色《いろ》によって、ちがう力《ちから》が宿《やど》っていると。

赤《あか》、白《しろ》、黄色《きいろ》、緑《みどり》、水色《みずいろ》、紫《むらさき》。それぞれの力《ちから》を教《おし》えてもらったところ、

「火《ひ》！　氷《こおり》！　光《ひかり》！　わさび！　水《みず》！　闇《やみ》！」

……わさび！

感謝《かんしゃ》コーナー。おもしろい本《ほん》を作《つく》るためにたくさんのステキなアドバイスをくれた担当《たんとう》の坂本《さかもと》様《さま》。カバーそでのちびキャラの尊《たける》の背番号《せばんごう》はジョーダンの23にしましょう、と提案《ていあん》してくれたのですが、実《じつ》はこの本《ほん》が私《わたし》の23冊目《さつめ》の本《ほん》で、偶然《ぐうぜん》の一致《いっち》にちょっとうれしくなりました。大天才《だいてんさい》イラストレーターのこよせ様《さま》。全《すべ》てのイラストがすばらしいのですが、特《とく》にちびキャラはみんな天《てん》使《し》すぎて、見《み》た瞬間《しゅんかん》、机《つくえ》につっぷしました。また、1巻《かん》の重版《じゅうはん》が決《き》まった時《とき》にX《エックス》に投稿《とうこう》された尊《たける》&行成《ゆきなり》は、好《この》みのど真《ま》ん中《なか》の神《かみ》イラストで、2巻《かん》執筆《しっぴつ》の大《おお》きなエネルギーになりました！　角《かど》川《かわ》つばさ文庫《ぶんこ》編集部《へんしゅうぶ》のみなさま。校正様《こうせいさま》。営業様《えいぎょうさま》。デザイナー様《さま》。印刷所様《いんさつじょさま》。書店様《しょてんさま》……この本《ほん》に関《かか》わってくれた全《すべ》ての方《かた》へ、本当《ほんとう》に、ありがとうございます。
何《なに》より、これを読《よ》んでくれているあなたに、最大級《さいだいきゅう》の「ありがとう」を！

どうか若葉《わかば》や行成《ゆきなり》のお話《はなし》も……まなみや尊《たける》についても、指輪《ゆびわ》のヒミツについても、もっともっと書《か》かせてもらえますように。機会《きかい》がもらえるなら、全力《ぜんりょく》でおもしろい物語《ものがたり》を作《つく》り続《つづ》けることを、お約束《やくそく》します。応援《おうえん》、よろしくお願《ねが》いします！

二〇二四年《ねん》十一月《がつ》　藤並《となみ》みなと

藤並みなと／作

東京都在住。5月28日生まれ。ふたご座AB型。物語を作るのと同じくらい後書きを書くのが好き。いつか後書きが100ページくらいある本を出したい。ゲーム、ナゾ解き、着物も好き。おばあちゃんのお下がりの着物をアレンジコーデして、大正ロマンのおじょうさま妄想にひたるのがマイブーム。著作に『放課後チェンジ　世界を救う？　最強チーム結成！』（角川つばさ文庫）、「厨病激発ボーイ」シリーズ、『放課後ヒロインプロジェクト！』（ともに角川ビーンズ文庫）など。

こよせ／絵

イラストレーター。岩手県出身。犬と猫にもみくちゃにされながら絵を描くことが大好き。とてつもなく運動オンチだが、ドッジボールだけは猫のようによけきれる。『放課後チェンジ　世界を救う？　最強チーム結成！』（角川つばさ文庫）のイラストを担当。

角川《かどかわ》つばさ文庫《ぶんこ》

放《ほう》課《か》後《ご》チェンジ

最高《さいこう》のコンビ？　嵐《あらし》の体育祭《たいいくさい》！

作《さく》　藤並《となみ》みなと

絵《え》　こよせ

2025年2月13日　初版発行
2025年5月25日　再版発行

発行者　山下直久
発　行　株式会社KADOKAWA
〒102-8177　東京都千代田区富士見 2-13-3
電話　0570-002-301（ナビダイヤル）
印　刷　株式会社KADOKAWA
製　本　株式会社KADOKAWA
装　丁　ムシカゴグラフィクス

ISBN978-4-04-632353-8　C8293　N.D.C.913　204p　18cm

読者のみなさまからのお便りをお待ちしています。下のあて先まで送ってね。
いただいたお便りは、編集部から著者へおわたしいたします。

〒102-8177　東京都千代田区富士見 2-13-3　角川つばさ文庫編集部

第《だい》5回《かい》
角川《かどかわ》つばさ文庫《ぶんこ》
小説賞《しょうせつしょう》
金賞受賞作《きんしょうじゅしょうさく》！
世《せ》界《かい》一《いち》クラブ
最強《さいきょう》の小学生《しょうがくせい》、あつまる！
大空《おおぞら》なつき・作　明菜《あきな》・絵
笑《わら》いと友情《ゆうじょう》、事件《じけん》いっぱいの
学校生活《がっこうせいかつ》！
世界一《せかいいち》の
天才少年《てんさいしょうねん》
3時間《じかん》ごとに
眠《ねむ》ってしまう!?
世界一《せかいいち》の
柔道少女《じゅうどうしょうじょ》
だれでも、
投《な》げとばす!?
忍《しの》びと
知《し》られては
いけない！
世界一《せかいいち》の
忍《しの》び？
世界一《せかいいち》の
エンター
テイナー
世界一《せかいいち》の
ドジ!?
世界一《せかいいち》の
美少女《びしょうじょ》
人前《ひとまえ》に出《で》る
のが苦手《にがて》！

全《すべ》ては、ここから始《はじ》まった！

オススメのぼくらシリーズ

作《さく》・宗田《そうだ》 理《おさむ》
絵《え》・はしもとしん

『ぼくらの七日間戦争《なのかかんせんそう》』

映画原作《えいがげんさく》！

東中《ひがしちゅう》1年《ねん》2組《くみ》の男子生徒《だんしせいと》が廃工場《はいこうじょう》に立《た》てこもり、解放区《かいほうく》に！ 子《こ》ども対《たい》大人《おとな》の戦《たたか》いが始《はじ》まった！ 大傑作《だいけっさく》エンタテインメント!!

『ぼくらの天使《てんし》ゲーム』

「七日間戦争《なのかかんせんそう》」後《ご》の物語《ものがたり》！

こんどは天使《てんし》ゲームを始《はじ》めた。それは、父《とう》さんのタバコに水《みず》をかけ、酒《さけ》にしょうゆを入《い》れ、1日《にち》1回《かい》いたずらをすること。ぼくらシリーズ第《だい》2巻《かん》。

『ぼくらの大冒険《だいぼうけん》』

仲間《なかま》の大救出作戦《だいきゅうしゅつさくせん》！

UFO《ユーフォー》を見《み》に行《い》ったぼくら15人《にん》のうち、二人《ふたり》が消《き》えてしまい……。事件《じけん》の背後《はいご》には宗教団体《しゅうきょうだんたい》と埋蔵金伝説《まいぞうきんでんせつ》が!? ぼくらシリーズ第《だい》3巻《かん》。

『ぼくらの学校戦争《がっこうせんそう》』

こんどは、学校《がっこう》を解放区《かいほうく》に！

ぼくらは学校《がっこう》を幽霊学校《ゆうれいがっこう》にする計画《けいかく》を立《た》て、おばけ屋敷《やしき》、スーパー迷路《めいろ》を作《つく》る。ところが、本物《ほんもの》の死体《したい》が……。ぼくらと凶悪犯《きょうあくはん》との戦《たたか》い！